ENSEIGNEMENT AGRICOLE,

EN TREIZE SOIRÉES,

A L'USAGE DE LA JEUNESSE;

PAR

HIPPOLYTE DULUC,

Médecin vétérinaire, secrétaire-général de la Société Hippique
de la Gironde, membre de la Société d'Agriculture de la
Gironde.

OUVRAGE

AYANT OBTENU UNE MÉDAILLE D'ARGENT, GRAND MODULE,

De l'Académie des Sciences, Belles-Lettres et Arts de Bordeaux.

BORDEAUX,

IMPRIMERIE DE J. DUPUY ET. COMP., RUE MARGAUX, 11.

1856

ENSEIGNEMENT AGRICOLE,

En treize soirées,

A L'USAGE DE LA JEUNESSE.

C.

ENSEIGNEMENT AGRICOLE,

EN TREIZE SOIRÉES,

A L'USAGE DE LA JEUNESSE;

PAR

HIPPOLYTE DULUC,

Médecin vétérinaire, secrétaire-général de la Société Hippique de la Gironde, membre de la Société d'Agriculture de la Gironde.

OUVRAGE

Ayant obtenu une Médaille d'argent, grand module,

DE L'ACADÉMIE DES SCIENCES, BELLES-LETTRES ET ARTS
DE BORDEAUX.

BORDEAUX,

IMPRIMERIE DE J. DUPUY ET COMP., RUE MARGAUX, 11.

1856

L'*Enseignement Agricole*, à l'usage de la jeunesse, divisé en treize soirées, a été écrit pour répondre à la question suivante :

« L'Académie des Sciences, Belles-Let-
» tres et Arts de Bordeaux, met au con-
» cours , pour l'année 1851, la rédaction
» d'un ouvrage, en plusieurs petits livres,
» dans lequel les rudiments de l'art agri-
» cole, principalement applicables à la Gi-
» ronde, seront mis à la portée des enfants
» de la campagne, et exposés sous forme
» dogmatique. L'auteur devra combattre
» quelques-uns des préjugés agricoles les
» plus accrédités dans ce département, et
» mettre en relief les principaux faits qui

» rendent la profession du cultivateur pré-
» férable à la plupart des autres professions
» manuelles. »

L'ouvrage, qui portait les épigraphes :

« La base fondamentale de la prospérité
» d'une nation, c'est l'agriculture. Cette
» dernière n'a pas d'ennemis plus redouta-
» bles que *l'ignorance, le préjugé* et *l'indif-*
» *férence de l'intelligence.*

» Quand je parle à l'enfance, j'oublie que
» je suis chauve ; je redeviens enfant. »

a obtenu pour récompense une médaille
d'argent, grand module.

ENSEIGNEMENT AGRICOLE.

PREMIÈRE SOIRÉE.

❧

La terre renferme dans son sein le plus beau trésor. — Composition des terres.

PIERRE.

Père Simon, vous nous avez promis un conte depuis longtemps; voulez-vous nous le dire, je vous prie?

PÈRE SIMON.

Je veux bien vous satisfaire, mes enfants; mais c'est à la condition que vous m'écouterez jusqu'au bout sans m'interrompre.

NICOLAS.

Oui, oui, nous écoutons.

PÈRE SIMON.

Un bon fermier, qui, à force de travail et d'économie, avait acheté un petit champ, étant sur le point de mourir, fit appeler ses enfants autour de son lit, et leur parla ainsi :

« Mes enfants, je vais bientôt mourir. Je » vous laisse seuls et sans fortune. Je ne » possède qu'un champ; s'il fallait le divi- » ser, il ne vous resterait à chacun qu'un pe- » tit coin de terre, qui ne pourrait vous don- » ner suffisamment pour vivre; en le tra- » vaillant ensemble et d'un commun accord, » il vous garantira toujours de la misère.

» Gardez-vous bien de le vendre, car je » vais vous révéler un grand secret. Il y a » dans le champ que je vous laisse un *tré-* » *sor caché;* cherchez-le bien, et ne laissez » aucune place qui ne soit plusieurs fois » remuée. »

Le père étant mort, les enfants se mi- rent à l'œuvre. Le premier jour, ils béchè- rent à se rendre malades; le second jour, ils retournèrent le sol avec la même ardeur, sans cependant apercevoir le fameux trésor. Craignant qu'il ne fût placé dans quelques mottes de terre, ils les écrasèrent avec les mains, mais inutilement, sans en rencontrer la moindre trace. Quinze jours se passèrent à ce pénible labeur. Le champ ressembla à un beau jardin aux allées ratissées.

Le plus jeune des enfants, qui s'était le premier découragé, dit à ses frères :

« Je crains, mes frères, que nous ayons
» mal compris les indications de notre père;
» peut-être le trésor a-t-il été déposé ail-
» leurs.

» — Non, répondit l'aîné des enfants,
» notre père n'a pu nous tromper. Puisqu'il
» nous a révélé qu'il y avait un trésor ca-
» ché dans le champ, c'est qu'il existe; mais
» nous n'avons pas su le trouver. La saison
» s'avance; ensemençons la terre, et ren-
» voyons nos recherches à une autre épo-
» que. »

Pendant toute l'année, comme vous devez le comprendre, mes petits amis, il ne fut question que d'entreprendre de nouvel-

1*

les fouilles. Les voisins, qui avaient suivi tous ces grands travaux, s'étaient beaucoup moqués des enfants. Cependant, comme ceux-ci avaient foi dans la parole de leur père, ils espéraient toujours.

Le moment de la moisson approchait. Tout le monde allait visiter par curiosité les beaux blés déjà couleur d'or qui étaient venus dans le champ remué avec tant de persévérance ; ils faisaient l'admiration du pays. Aussi, la récolte fut abondante et vendue à grand prix.

Les enfants recommencèrent leurs recherches. Longtemps encore ils travaillèrent sans rien trouver, mais sans regretter cette fois leur peine ; car il leur semblait comprendre que leurs blés n'étaient devenus aussi beaux que parce que la terre avait été fortement ameublie.

L'année suivante, la récolte fut supérieure, et son produit apporta le bien-être dans la famille.

L'aîné des enfants se mit à réfléchir, et dit aux autres :

« Je crois avoir trouvé le trésor dont no-
» tre père nous a parlé. » -

Alors tous ses frères de se presser contre lui, et de lui demander le lieu où il était caché; car ils ne le comprenaient pas encore.

Et vous, mes amis, comprenez-vous où se trouvait ce trésor?

NICOLAS.

Non! non! Et toi, Pierre?

PIERRE.

Je pense que le trésor promis par le père, c'était l'abondante moisson à la suite du grand travail à la bêche.

PÈRE SIMON.

Très-bien; c'est cela. Le père, qui était un homme sage, avait voulu apprendre à ses enfants que la plus belle fortune qu'on puisse amasser est celle qu'on acquiert avec le travail, et il leur faisait voir aussi qu'avec le travail et l'ordre, on arrive toujours à éviter la misère et à se procurer au moins une modeste aisance.

PIERRE.

Mais, père Simon, est-il donc bien vrai

qu'il ne suffit que de remuer la terre avec
la bèche et de l'ensemencer, pour obtenir
une belle et productive moisson ?

NICOLAS.

S'il ne faut que ça pour devenir riche,
quand je serai grand je le ferai.

PÈRE SIMON.

Ne confondons pas, mes petits amis ; je
ne vous ai pas dit que les enfants qui avaient
suivi les conseils du père fussent devenus
riches, comme le comprend Nicolas. La fortune ne s'acquiert pas en si peu de temps :
il faut toute la vie d'un homme laborieux
pour ramasser un petit bien-être à sa famille. On ne doit jamais s'abandonner à
ces idées de grandes fortunes qu'on croit
réaliser en faisant des entreprises déses-
pérées, et qui trop souvent ne rapportent
que tristesse et déception.

Mais n'oublions pas ce que me deman-
dait Pierre. — Non, il ne suffit pas de remuer et d'ensemencer le sol pour en obtenir de fertiles cultures ; il faut que ce travail se fasse suivant des connaissances in-
dispensables à tout bon agriculteur.

PIERRE.

Père Simon, moi, qui veux être agriculteur, vous devriez bien m'instruire.

PÈRE SIMON.

J'y consens; mais je crains que vous ne vous dégoûtiez vite de mes leçons. J'essaierai néanmoins de vous apprendre les choses utiles, en évitant les difficultés trop arides de cette science pour votre jeune intelligence.

Pour commencer, étudions ensemble la *composition des terres.*

NICOLAS.

Est-ce que toutes les terres ne sont pas composées de la même manière?

PÈRE SIMON.

Non, sans doute; et si vous aviez réfléchi, vous ne m'auriez pas posé cette question. Le *sable*, où vous aimez tant à vous rouler par un beau soleil, n'est pas une terre de même nature que l'*argile* qui se prend à vos sabots quand il fait humide. Vous avez aussi parfois tracé de bons hommes avec de la craie; c'est ce qu'on nomme de la *chaux*, un troisième principe constitutif du sol. Eh bien! ces trois éléments peuvent être seuls pour composer une terre, où, se trouvant mélangés dans des proportions diverses, ils peuvent en changer la nature et la rendre plus propice à une végétation de préférence à tout autre.

PIERRE.

Faites-nous vite connaître la terre qui donne le plus de blé.

PÈRE SIMON.

Plus tard; il faut étudier avec ordre. Nous en étions à la composition des terres. Elles sont formées de *débris organiques* et de *débris inorganiques*.

NICOLAS.

Pardon, père Simon, mais je ne comprends pas.

PÈRE SIMON.

Ce n'est pas difficile. Les animaux meurent, et ils sont enfouis dans la terre; les poissons périssent, et les eaux les déposent

sur les bords de la mer et des rivières ; les
herbes, les arbres finissent toujours par
être enterrés. Ce sont ces produits qu'on
appelle des *débris organiques,* et qui, en
agriculture, prennent le nom d'*humus* ou
terreau.

Les *débris inorganiques,* au contraire,
sont les restes de toutes les substances qui
n'ont pas eu de vie, comme les pierres, les
roches, les briques, etc.

PIERRE.

Je saisis. Ce qui a vécu, grandi, comme
les animaux, les arbres, appartient au règne organique ; tandis que ce qui n'a pas
vécu rentre dans le règne inorganique : le
plâtre, le fer, la chaux, par exemple.

PÈRE SIMON.

Je disais donc que trois éléments principaux inorganiques composaient les terres.
Ce sont la *silice,* l'*alumine* et la *chaux.*

PIERRE.

Qu'est-ce que c'est que la silice et l'alumine ? Vous nous parliez tout-à-l'heure de

sable et d'argile, que nous connaissons très-bien, Nicolas et moi.

PÈRE SIMON.

Je suis content de votre observation; elle prouve que vous écoutez avec attention ce que j'explique; mais vous allez me comprendre.

1° La silice, que l'on ne rencontre que très-rarement à l'état de pureté dans la nature, est la plus répandue de toutes les terres, et forme la presque totalité des sables, des cailloux, des pierres à feu, etc., etc. — Les terres composées de silice ou sable sont appelées *terres légères* ou *terres sablonneuses*. — Les landes de notre département de la Gironde sont des terres sablonneuses.

2° L'alumine, en s'unissant à la silice ou sable, forme la base principale de l'argile, ou terre glaise. Les terres formées d'argile sont désignées sous les noms de *terres fortes* ou *terres argileuses*.

3° Enfin, la *chaux* forme le troisième principal élément. Les terres sont dites *calcaires* quand elles contiennent beaucoup de chaux.

La chaux combinée à l'argile constitue
.la *marne*.

On donne le nom *d'alios* ou *tuf*, à une
agrégation de sable, d'humus, de fer; le
tout uni par un sédiment végétal.

En résumant ce que nous venons de dire,
nous trouvons des terres *légères* ou *sablonneuses*, des terres *fortes* ou *argileuses*, et
enfin des terres *calcaires*, selon qu'elles
sont composées de sable, d'argile ou de
chaux.

Mais, pour ne pas vous fatiguer, mes enfants, renvoyons à une autre soirée la suite
de nos études.

Je m'aperçois que Nicolas a peu de goût
pour l'agriculture, et que, s'il ne m'inter-
rompt pas, c'est parce qu'il ne m'écoute
plus.

NICOLAS.

C'est que, père Simon, je ne comprends
pas vos grands mots de silice, d'alumine
et de marne; et puis, à quoi bon savoir
tout ça?... Mon père, mon oncle, l'ignorent complètement, et pourtant ils obtiennent des résultats dans leur culture.

PÈRE SIMON.

Mon enfant, vous êtes dans l'erreur. La connaissance des terres est de la plus haute importance; il faut la posséder, ou vous travaillerez toute votre vie sans jamais rien savoir. La routine, mes amis, est le fléau de nos campagnes. Je ne veux pas que vous soyez routiniers par coutume; cette ignorance vous porterait tort, en même temps qu'elle rabaisserait notre agriculture.

Les mots que j'emploie ne sauraient vous épouvanter. Rapportez le mot *silice* au mot sable, et le mot *alumine* au mot argile, ou terre glaise, et vous ne rencontrerez plus de difficulté.

L'avantage immense que l'on trouve, comme je le démontrerai plus loin, à connaître les principes que j'énonce, c'est d'affirmer qu'une plante viendra très-belle dans une terre et qu'elle périra dans une autre. Le bénéfice que ces connaissances procurent, c'est d'augmenter l'abondance des récoltes et de donner plus de valeur au sol.

Voyez ce riche propriétaire qui, depuis peu de temps, habite près de nous; quand il voulut gérer son domaine à la manière de son pays et d'après les saines pratiques de l'agriculture, il rencontra toutes les difficultés; il fut même obligé, vous le savez, de renvoyer ses domestiques, qui, ne voulant rien changer à leurs habitudes, avaient brisé ses nouvelles charrues. Depuis, il a obtenu de si beaux résultats, que tout le monde l'imite dans le village. C'est qu'on a trouvé qu'il était préférable de cultiver des blés nombreux et bien nourris que de ramasser des récoltes maigres et avortées.

Ceci prouve, mes amis, qu'il est bon de suivre l'exemple des plus expérimentés et des plus instruits.

A demain soir, mes enfants.

DEUXIÈME SOIRÉE.

❧

Du sol, de l'humus, du sous-sol, et de leurs propriétés.

PÈRE SIMON.

Mes jeunes amis, avant de rien expliquer, vous allez me préparer deux boules, l'une avec de l'argile, l'autre avec du sable.

NICOLAS.

Père Simon, voici la mienne; elle est faite avec du sable.

PÈRE SIMON.

Enveloppez-la d'une couche d'argile. C'est cela. — Eh bien! cette boule vous donne l'idée de la terre, qui est ainsi ronde et formée par couches superposées. — L'argile que vous venez d'appliquer représente la couche de terre où croissent les végétaux, et qu'on appelle pour cette raison *couche végétale,* ou encore *sol arable,* parce que c'est dans cette partie seulement que se font les labours.

Le sable, qui compose le corps de votre boule, représente la partie profonde de la terre qui porte le nom de *sous-sol,* par rapport à sa position.

PIERRE.

Ma boule, père Simon, est préparée avec de l'argile.

PÈRE SIMON.

Mettez-lui une couche de sable, et vous aurez pour couche végétale du sable, et pour sous-sol de l'argile.

Maintenant, nous allons faire des expériences avec vos deux boules.

Nicolas, mouillez votre boule qui est recouverte d'argile. — Que remarquez-vous ?

NICOLAS.

Elle s'empare de l'eau, se ramollit diffi-

cilement, et se prend à la main. — Mais je
savais cela.

PÈRE SIMON.

Tant mieux. Mais ce que vous ignoriez
sans doute, c'est que quand la terre glaise,
qui est avide d'eau, en a pris la quantité
qui lui convient, elle ne se laisse plus imprégner.

Maintenant, dites-moi ce qui se passera
si nous laissons jusqu'à demain votre boule
ainsi ramollie.

NICOLAS.

Elle sera toujours la même chose; seulement, elle aura repris un peu de sa consistance.

PÈRE SIMON.

Et si nous la mettons au soleil, ou si
nous l'approchons du feu?

NICOLAS.

Peu à peu, elle deviendra dure comme
une pierre, et même elle se fendra.

PÈRE SIMON.

Appliquant ce que vous venez de me
dire aux terres argileuses, nous voyons :

qu'elles s'emparent difficilement de l'humidité; qu'elles la conservent longtemps; que, quand elles sont mouillées, elles s'attachent aux instruments, ce qui empêche de les travailler; qu'avec le soleil, elles se dessèchent et deviennent si dures, que la charrue ne peut les pénétrer.

Cette grande sécheresse du sol, autant qu'une grande humidité, est nuisible aux végétaux. De plus, le temps opportun pour le labourer est très-court et difficile à saisir.

Et vous, Pierre, votre boule étant couverte de sable, si vous lui versez de l'eau dessus, que se passe-t-il?

PIERRE.

Elle se laisse facilement imprégner; mais elle se dessèche bien vite. L'eau passe à travers comme dans un filtre. Elle ne serait pas difficile à travailler, puisqu'elle est toujours très-meuble.

PÈRE SIMON.

Hélas! beaucoup trop meuble; c'est ce qui fait que les terrains sablonneux, si répandus dans notre département, et qui composent nos landes, sont de si mauvaise qualité. Ils ne peuvent conserver les engrais, que les pluies dissolvent et entraînent facilement.

PIERRE.

Vous nous parlez d'engrais ; nous ignorons ce que c'est. Leurs propriétés doivent être bien grandes, puisque, sans leur présence, les terres sablonneuses ne peuvent rien produire.

PÈRE SIMON.

Les engrais auront leur explication. Il est bon de vous dire que les terres sablonneuses sont agréables aux pins, aux acacias ; le chêne y vient bien ; mais le chiendent surtout y est très-vivace.

PIERRE.

Les terres argileuses et les terres sablonneuses ont bien peu de qualités.

PÈRE SIMON.

Si les argiles et les sables étudiés séparément sont des terres de mauvaise na-

2

ture, il n'en est pas de même quand ils se trouvent mélangés dans de certaines proportions, et surtout quand la chaux y dénote sa présence.

Ces trois éléments réunis constituent les meilleures terres *fertiles*. C'est que les défauts des uns deviennent des qualités pour les autres. Ainsi, la chaux augmente la fertilité de l'argile. — Celle-ci est rendue plus meuble par son mélange avec le sable. — Le sable gagne de la consistance par son union à l'argile. — La chaux lui fournit des propriétés qu'il n'a pas; elle donne plus de vigueur aux blés.

PIERRE.

Mais, père Simon, vous nous avez parlé de l'*humus*, et vous ne nous apprenez pas s'il a quelques propriétés sur les plantes.

PÈRE SIMON.

Je suis heureux que vous ne l'ayez pas oublié, car c'est surtout à sa présence que les terres doivent leur fertilité; et les engrais, dont vous me demandiez, il n'y a qu'un instant, l'explication, n'ont d'autre

but que de donner à la terre l'humus qui
lui manque ou qu'elle a perdu par la culture. L'humus fait donc partie de la couche
végétale.

PIERRE.

Ainsi, toutes les terres ne contiennent
pas une égale quantité d'humus.

PÈRE SIMON.

Il en est qui en possèdent une suffisante
quantité pour qu'il ne soit pas utile de leur
mettre des engrais pour les rendre fertiles.
Nous les trouvons sur les bords et à l'embouchure de notre fleuve. Il en est d'autres, au contraire, qui en manquent complètement : nos pauvres landes en sont la
preuve, ainsi que nos plateaux de l'Entre-
Deux-Mers.

L'humus, au contraire, signale ordinairement sa présence par une couleur foncée,
brune, qu'il donne à la terre, et toujours
par la force de végétation des plantes.

Nous nous sommes occupés du sol arable ou de la couche végétale de la terre ; il
nous reste un mot à dire du *sous-sol* avant
de terminer notre soirée.

Vos boules vous seraient encore utiles pour cette explication; mais j'espère être compris sans cela.

Pierre, dites-moi ce qui se passe quand le sous-sol ou la seconde couche de la terre est argileux et qu'il vient à pleuvoir.

PIERRE.

Le sous-sol retient l'eau à sa surface; il donne de l'humidité à un sol arable sablonneux.

PÈRE SIMON.

Et s'il est atteint par la charrue?

PIERRE.

Il accroît par son mélange les propriétés du terrain léger.

PÈRE SIMON.

Nicolas, faites-moi connaître les qualités d'un sous-sol sablonneux.

NICOLAS.

Le sous-sol sablonneux permet l'écoulement des eaux, et fertilise par son union une terre argileuse.

PÈRE SIMON.

Un sous-sol de la même nature que la couche végétale n'a aucune influence, à moins que l'un et l'autre ne soient de bonne qualité, comme dans nos terres d'alluvion.

Des roches calcaires forment parfois un sous-sol très-favorable, notamment à la vigne, ainsi que cela se voit à Saint-Émilion, etc.

L'alios est le plus mauvais de tous les sous-sols; car, non-seulement il retient l'eau à sa surface, mais encore il paraît impropre à toute fertilité. Cependant, les expériences de M. Fauré tendent à démontrer qu'il y aurait possibilité, non-seulement de désagréger l'alios, mais encore d'utiliser à la fertilisation du sol l'humus azoté qu'il contient.

PIERRE.

Père Simon, qu'appelez-vous terres d'alluvion ?

PÈRE SIMON.

Les *terres d'alluvion* sont formées par une accumulation successive de vase, de sable, de gravier et de débris organiques, entraînés et rejetés sur les rivages et à l'embouchure de notre fleuve.

Et vous, Nicolas, n'avez-vous rien à me demander?

NICOLAS.

Non, père Simon; car mon oncle m'a dit que ce que vous nous appreniez n'étaient que de beaux discours qui ne faisaient pas pousser les blés.

PÈRE SIMON.

Votre oncle a eu tort de blâmer ce qu'il ne connaît pas. Ce que je vous démontre ne peut pas faire pousser les blés, sans doute, les terres ayant toujours besoin d'être cultivées; mais mon but est de vous faire saisir comment il faut que ce travail se fasse, suivant des règles que l'on ne saurait négliger sans s'exposer à commettre les plus grandes erreurs, qui ont été souvent la ruine de bien des propriétaires, et qui sont encore la seule cause de la misère de bien des gens. Apprenez, mon jeune ami, et vous n'agirez plus en aveugle; vous comprendrez votre ouvrage, et vous aimerez à faire votre métier (1). Je vous décrirais les opérations les plus économiques et les plus productives à la fois.

Que penseriez-vous, par exemple, si j'ensemençais un champ de blé et si votre oncle en occupait un autre de la même étendue et de la même qualité, et qu'au bout de l'année le mien me donnât une récolte double de celle de votre oncle? Diriez-vous toujours que mes discours ne font pas pousser les blés?

Mes bons amis, ne vous laissez pas aller aux préjugés des personnes dépourvues de connaissances; si elles ne sont pas éclairées, essayez de les instruire; et si elles sont de mauvaise foi, abandonnez-les à leur ignorance.

(1) Telles sont effectivement, sinon les principales, au moins l'une des plus salutaires, des plus heureuses conséquences de l'instruction; mais de l'instruction véritablement utile, véritablement applicable donnée dans les campagnes. Elle fait aimer le métier, parce qu'elle en révèle toute la difficulté, toute l'importance, toute l'utilité, toute la noblesse.

(*Note du Rapporteur.*)

Je vous renvoie ; nous avons assez causé
ce soir. Et vous, petit Nicolas, ne vous laissez pas influencer par votre oncle, et rap-
portez-lui ce que vous savez déjà. Je suis
sûr qu'il finira par en comprendre tous les
avantages.

TROISIÈME SOIRÉE.

❦

Engrais animaux, engrais végétaux, engrais minéraux.

—

PÈRE SIMON.

Je vais dans cette soirée satisfaire votre curiosité, en vous expliquant la puissante propriété des engrais. Mais, avant, j'appellerai votre attention sur certains éléments naturels, qui sont :

L'eau,
L'air,
Et la chaleur,

qui jouent un très-grand rôle dans l'acte de la végétation.

NICOLAS.

Tout sert donc en agriculture?

PÈRE SIMON.

Vous seriez-vous imaginé que l'eau n'avait d'autre valeur que de désaltérer les hommes et les animaux, que l'air n'existait que pour notre respiration, que la chaleur était utile seulement à nous réchauffer? Détrompez-vous. Ce que Dieu a fait, il l'a sagement réparti.

Savez-vous, Nicolas, comment font les plantes pour vivre?

NICOLAS.

Elles se nourrissent à l'aide de leur racine.

PÈRE SIMON.

Oui; mais les feuilles aussi ont les mêmes fonctions; elles s'assimilent l'air.

PIERRE.

Je ne comprends pas très-bien comment s'opèrent les fonctions des racines dans la terre, et celles des feuilles dans l'air.

PÈRE SIMON.

Les racines possèdent à leurs extrémités des petits fils qui ont la propriété de pomper les substances nécessaires à l'existence des végétaux. C'est par ces petits fils chevelus qu'elles boivent ou absorbent les eaux qui se trouvent dans la terre.

Les matériaux solides destinés aux végétaux ont besoin d'un corps qui les dissolve pour faciliter leur absorption. C'est l'eau qui, tout naturellement, sert de véhicule; et puis, par elle-même, elle fournit aussi des principes nutritifs.

Maintenant, Pierre, comment expliquez-vous que les fumiers, qui sont des engrais solides, puissent être absorbés par les petits filets des racines?

PIERRE.

Parce que les eaux qui se trouvent dans la terre dissolvent ces engrais, et les racines pompent ce liquide ainsi chargé des principes fertilisants.

NICOLAS.

Ce que vient de dire Pierre se comprend

très-bien ; mais que devient la paille qui a servi à faire le fumier ?

PÈRE SIMON.

Elle se pourrit sous l'influence de l'humidité et de la chaleur du sol ; alors elle se dissout facilement dans l'eau.

L'eau est donc indispensable à la végétation.

Mais les racines n'absorbent pas que les liquides seulement ; elles en font autant de l'air qui pénètre la terre. C'est même parce qu'on a reconnu que cet air leur était de la plus grande utilité, que l'on laboure si fréquemment pour faciliter son introduction.

La chaleur est aussi nécessaire au développement des plantes : vous savez que la belle serre du château donne toujours des primeurs.

PIERRE.

Vous allez nous faire connaître les engrais ?

PÈRE SIMON.

Bien volontiers. Nous les diviserons en :

Engrais animaux ;

Engrais végétaux ;

Engrais minéraux.

Des engrais animaux. Nous placerons en première ligne les fumiers, parce qu'ils sont de tous les engrais les plus répandus.

Savez-vous, Nicolas, ce que c'est que le fumier ?

NICOLAS.

Le *fumier* est le mélange des excréments, de l'urine des animaux, et des végétaux qui leur servent de litière.

PÈRE SIMON.

Quels sont les végétaux que l'on emploie généralement pour faire la litière aux animaux ?

NICOLAS.

De la paille bien sèche et de la bruyère unie à l'ajonc et à la fougère.

PÈRE SIMON.

Laquelle de ces deux litières fait le meilleur fumier ?

NICOLAS.

Celle qui est composée avec de la paille ;

3

elle s'imprègne plus facilement des matières fécales, et elle pourrit plus vite.

Vous voyez que les fumiers ont des qualités différentes suivant la litière qui sert à
les former.

La nourriture que prennent les animaux
y contribue aussi puissamment.

Une nourriture choisie, très-nourris-
sante, donne un fumier chaud.

Une nourriture aqueuse, du vert, par
exemple, fournit un fumier plus abondant,
mais moins actif.

La qualité et la quantité du fumier varient suivant la plus grande nourriture et
la qualité des fourrages.

Comment faut-il s'y prendre pour obtenir beaucoup de fumier?

Il faut fortement nourrir, mettre une
abondante litière, et garder les animaux à
l'étable.

Comme tous les fumiers ne sont pas de

la même activité, on les classe de la manière suivante :

1° Fumier de mouton ;

2° Fumier de cheval ;

3° Fumier de vache ou bœuf ;

4° Fumier de porc.

Il y a des soins à accorder aux fumiers pour les conserver contre les agents extérieurs qui leur font perdre leurs propriétés, soit par l'évaporation, soit par les lavages.

En les sortant de l'écurie, il faut les placer dans une fosse, ou les réunir en un tas ; il faut protéger leurs côtés de la chaleur, en les recouvrant de terre mouillée, ou en les arrangeant bien droits. On les dispose par couches, et on les serre en piétinant dessus.

NICOLAS.

Mon oncle les place contre l'étable et sous les gouttières, afin qu'ils pourrissent mieux.

PÈRE SIMON.

C'est une grande faute : les eaux pluviales les lavent et entraînent le principe actif. Il ne faut pas non plus qu'ils baignent dans l'eau.

PIERRE.

Père Simon, à quoi sert ce grand réservoir qui est à côté de l'étable de vos vaches?

PÈRE SIMON.

Il est destiné à recevoir les urines qui traversent les couches de litière; il porte le nom de *réservoir* ou *fosse à purin*.

Tous les jours, après que le vacher a relevé la litière, il jette plusieurs seaux d'eau dans l'étable, et, avec un balai, il pousse le liquide dans la rigole inclinée qui conduit à la fosse. L'eau et l'urine fermentent ensemble; il en résulte ce qu'on nomme le *purin*. Ce liquide, qui est d'un très-grand avantage, sert à arroser les prairies et à humecter les fumiers.

PIERRE.

C'est sans doute cette opération que j'avais vu faire, et dont je ne me rendais pas compte. Il y avait un tonneau, plein de purin, fixé sur deux roues que conduisait un cheval; ce tonneau était percé en arrière d'un grand trou par où s'échappait le liquide, qui, en tombant sur une planche placée au-dessous et en travers, se répandait en nappe sur la prairie.

PÈRE SIMON.

Revenons à la question des fumiers.

Il est toujours préférable de se servir d'un fumier frais, imprégné d'urine et d'excréments humides, que d'attendre qu'il soit consumé.

NICOLAS.

Pourtant, à la ferme, on ne veut pas y toucher avant qu'il ne soit bien pourri et menu comme de la terre.

PÈRE SIMON.

C'est une erreur ; car il a alors perdu beaucoup de sa force. Le fumier consumé, en même temps qu'il est diminué de plus du quart, ce qui est une perte, produit un effet qui ne se soutient pas assez longtemps. La quantité et la qualité du grain en souffrent.

Le fumier frais se décompose lentement ; mais aussi, son action est d'une plus grande durée. — L'expérience se prononce pour ce dernier, qui a l'avantage d'ameublir les terres argileuses par sa longue paille.

Mais parlons maintenant du fumier des oiseaux, de la volaille, qu'on appelle *colombine.* — Il est extrêmement actif; il faut l'employer avec prudence : on ne le répand que très-superficiellement.

Le *guano* est un engrais analogue. Il y a peu de temps qu'on en fait usage dans notre département, et encore est-il peu répandu, par rapport à son prix élevé (1). C'est le résultat des excréments des oiseaux de la mer du Sud. Il est en poudre, et a une odeur désagréable.

Mes jeunes amis, voici une toute petite anecdote qui le concerne, et qui vous préviendra contre les préjugés et l'incrédulité de certains cultivateurs.

Un propriétaire de notre département, qui aime l'agriculture, avait répandu du guano sur ses blés pendant plusieurs an-

(1) Depuis que ce manuscrit a été écrit, le guano a doublé sa valeur, et l'usage en est si grand dans la Gironde, qu'on éprouve de la peine à se le procurer.

nées. Au grand étonnement de ses colons, ils étaient devenus très-beaux. Désirant les convaincre sur les qualités de cet engrais, il leur donna des pommes de terre à faire à moitié, et leur offrit du guano ; ils le refusèrent, et préférèrent de mauvais fumier. Force fut à lui d'en essayer expérimentalement pour son compte. La poudre ne fut point ménagée : l'effet fut prodigieux. Les pommes de terre qui avaient eu du guano étaient grosses, nombreuses, et de belle qualité ; les autres, qui étaient venues avec le mauvais fumier, étaient petites, rares, et quelques-unes altérées.

Depuis cette époque, les cultivateurs eux-mêmes ne manquent pas de réclamer le guano pour les pommes de terre.

Les *chairs d'animaux* sont d'excellents engrais.

NICOLAS.

Cependant, les vaches ou les animaux morts sont enfouis à une grande profondeur, et dans l'endroit le plus écarté.

PÈRE SIMON.

Cela se fait seulement par prudence,

parce qu'en se putréfiant ces cadavres répandent une mauvaise odeur, préjudiciable
surtout pendant les grandes chaleurs. Les
chiens vont les déterrer, et apportent les
débris dans les basses-cours. Mais cet usage
est à déplorer, car cet engrais est un des
plus actifs, ainsi que le *sang*.

PIERRE.

Comment! le sang a aussi des propriétés!
Cependant, quand on saigne les vaches,
on ne les fixe pas à un arbre, parce que
le sang le fait mourir.

PÈRE SIMON.

En toutes choses l'abus est nuisible : je
comprends que si l'on répand le sang en
trop grande abondance autour d'un arbre,
celui-ci se ressentira peut-être de l'action
trop vigoureuse d'un pareil engrais; tandis
qu'employé sagement, uni à de la terre
pour faire des *composts,* il produit d'excellents effets.

L'urine est un liquide fortement azoté,
qui est très-convenable pour arroser les
prairies. Cet engrais ne fait ressentir son

action que pendant une année. Il ne communique aucune mauvaise odeur aux végétaux.

Les *os* brisés ont une grande puissance, et sont très-longtemps à se décomposer.

Le *noir animal* est aussi très-recherché. C'est l'os réduit en poudre qui a servi aux raffineries.

Les *cornes*, les *poils*, les *laines*, enfin tout ce qui a appartenu aux animaux, aux oiseaux, aux poissons, est un engrais de premier ordre.

Je ne dois pas oublier de mentionner les matières fécales de l'homme, que le commerce livre sous le nom de *poudrette*.

PIERRE.

Qu'est-ce que c'est donc que l'*azote*, qui donne tant de propriété à l'urine ?

PÈRE SIMON.

C'est un gaz qui rentre en proportion variable dans la composition des engrais animaux, et qui est le plus favorable à l'accroissement des plantes.

Les engrais végétaux en contiennent peu et les engrais minéraux pas du tout.

3*

PIERRE.

Père Simon, faites-nous connaître, je vous prie, les engrais végétaux et leurs propriétés.

PÈRE SIMON.

Engrais végétaux. Ces engrais ont l'avantage de rendre au sol les principes qu'ils en ont tirés.

Ils sont secs ou enfouis à l'état vert.

Les premiers consistent en débris de végétaux qui ont pourri à l'humidité.

Ce sont des engrais de peu de valeur.

Ceux qui sont à l'état vert jouissent de plus grandes propriétés et sont beaucoup plus répandus. La plupart des agriculteurs préfèrent faire manger aux animaux les fourrages verts plutôt que de les enfouir. Ils y trouvent les bénéfices : — d'entretenir un plus grand nombre d'animaux, — de leur donner plus de valeur en les conservant gras, — d'obtenir une plus abondante quantité de fumier; — enfin, d'avoir un engrais de qualité supérieure.

NICOLAS.

Comment se procure-t-on de l'engrais vert?

PÈRE SIMON.

On sème le *lupin*, qui est la plante la plus convenable pour ce genre d'opération (parce que, se nourrissant principalement dans l'atmosphère, elle n'épuise pas le sol); et au mois de mai, quand il est bien beau, on l'enfouit avec la charrue. Il ne faut pas attendre que la plante soit en graine.

Nous allons terminer notre soirée en nous occupant des *engrais minéraux*.

Il ne faut jamais oublier que les engrais ont pour but de donner aux terres les principes qui leur manquent.

Dans une terre sablonneuse, que ferez-vous, Pierre, pour la rendre fertile?

PIERRE.

J'y transporterai d'abord de l'argile et de la chaux.

PÈRE SIMON.

Sans doute, cela devrait être ainsi; mais ces travaux vous reviendraient aussi chers que si vous achetiez une seconde fois le terrain. Il y a des opérations ruineuses; il faut les éviter. Pour suppléer à la mauvaise qualité de ces terres, on leur donne des propriétés factices à l'aide des engrais. Ainsi, vous n'oublierez pas de faire usage de *chaux,* dans une terre qui n'en contiendra pas, quand vous voudrez faire venir du blé.

NICOLAS.

Comment faut-il l'employer?

PÈRE SIMON.

Le *chaulage* n'est pas difficile. On fait des petits tas de chaux de distance en distance, que l'on recouvre de terre; quand la chaux est bien humide, ce dont on s'aperçoit facilement parce qu'elle s'éboule sur les côtés du tas, on la mélange intimement avec la terre, et on répand le tout sur le sol. Un labour léger le recouvre aussitôt. Ce travail sera fait par un temps sec.

PIERRE.

J'ai vu jeter l'année dernière du *plâtre* sur un champ de luzerne.

NICOLAS.

Moi aussi; et mon oncle m'a assuré que
cela ne ferait rien obtenir de plus.

PÈRE SIMON.

J'ai suivi l'opération dont vous parlez;
l'effet a été prodigieux.

L'action du plâtre est tellement reconnue,
que, dans un champ de légumineuses, si on
traçait les lettres du mot PLATRE, et qu'on
les recouvrît de cet engrais, les plantes qui
viendraient sur les lettres seraient deux
fois plus grandes que celles qui les entou-
reraient, et on pourrait facilement lire le
mot.

PIERRE.

Mais on ne l'emploie pas comme la chaux;
on le jette sur les plantes quand elles sont
déjà un peu grandes.

PÈRE SIMON.

Oui, c'est au printemps, et en poudre,
qu'il faut en faire usage.

Le *marnage* (et nous connaissons la marne) produit le même résultat que le chau-

lage. Quand le sous-sol est marneux et la terre végétale sablonneuse ou argileuse, c'est faire une excellente opération que de l'attaquer par des labours profonds.

Telle est la série des engrais.

QUATRIÈME SOIRÉE.

❧

De la charrue. — Des labours.

———

PÈRE SIMON.

Nous allons ce soir expliquer le travail de la charrue.

NICOLAS.

C'est une machine que l'on introduit partout.

PÈRE SIMON.

On a bien raison ; la charrue apporte une grande économie, surtout quand il s'agit de l'exploitation d'un vaste domaine. — Elle remplace très-avantageusement la bêche, même dans les vignobles, et elle per-

met d'exécuter des travaux qui ne se faisaient pas autrefois.

Pierre, connaissez-vous les effets des labours ?

PIERRE.

Vous nous avez appris dans la première
soirée qu'ils ameublissaient le terrain.

PÈRE SIMON.

C'est aussi afin que l'air le pénètre plus
facilement, et que les racines des plantes,
en prenant un plus grand accroissement,
puissent s'emparer d'une abondante nourriture. Les labours mélangent les engrais
au sol et débarrassent ce dernier des plantes nuisibles.

Ils doivent être faits en très-grand nombre, surtout pendant que les terres sont en
jachères.

PIERRE.

Expliquez-nous, je vous prie, ce que veut
dire des *terres en jachères*.

PÈRE SIMON.

Ce sont des terres que l'on laisse une ou
plusieurs années sans les ensemencer. Mais

j'ai cru remarquer que l'oncle de Nicolas pratiquait cette coutume.

NICOLAS.

Le champ où mon oncle fait venir du blé une ou deux années de suite, il le laisse se reposer l'année suivante.

PÈRE SIMON.

Votre oncle possède encore la croyance qu'on avait autrefois, que le sol avait besoin de se refaire de l'épuisement occasionné par plusieurs récoltes successives et de même nature. Aujourd'hui, grâce au bon emploi des engrais et aux variations de culture, on fait produire un terrain sans lui accorder de jachères.

PIERRE.

Cependant, cet usage est assez suivi dans notre département.

PÈRE SIMON.

C'est une coutume déplorable. Un propriétaire qui comprendrait bien ses intérêts ne devrait laisser son champ, pendant une

année entière, sans lui rien faire produire,
que pour le nettoyer des plantes nuisibles.

PIERRE.

Alors il faudrait profiter de cette circonstance pour y pratiquer plusieurs labours.

NICOLAS.

C'est juste ce que l'on ne fait pas. On
laisse les herbes l'envahir.

PÈRE SIMON.

Il faut dans tous les cas se contenter d'une
jachère de six mois, afin de ne pas perdre
la récolte d'automne.

PIERRE.

Père Simon, comment fonctionne la charrue ?

PÈRE SIMON.

Elle coupe la terre droit avec le *coutre*,
horizontalement avec le *soc*, et elle la ren-
verse sens dessus dessous avec le *versoir*,
qui forme ainsi le *billon*. La rainure tracée
par le passage de la charrue porte le nom
de *sillon*.

NICOLAS.

Ces billons, sur lesquels on sème, doivent-ils être très-étroits ?

PÈRE SIMON.

Les labours se font ordinairement très-mal dans la Gironde. Une vieille habitude fait qu'on élève de préférence des billons étroits, s'imaginant que leur surface arrondie offre une plus grande étendue de terrain en rapport. C'est un faux calcul. Les labours dits *en planches*, en même temps qu'ils ne font pas perdre l'espace occupé par les sillons, offrent plus d'avantages à l'abondance des récoltes.

NICOLAS.

Dans tout le village, on sème sur des billons étroits.

PÈRE SIMON.

C'est vrai; mais on reconnaîtra plus tard, non-seulement les bénéfices que procurent les labours en planches, mais encore que le fauchage y est plus praticable, et que les eaux s'en écoulent très-facilement.

PIERRE.

La charrue doit-elle entrer bien avant dans la terre?

PÈRE SIMON.

Les labours doivent être le plus profond possible, presque doubles de ceux que donnent les laboureurs girondins.

NICOLAS.

Cependant, ils se font ainsi depuis bien longtemps.

PÈRE SIMON.

Il n'en est pas moins exact que c'est toujours une grande faute, tandis que les labours profonds constituent un des plus grands progrès de l'époque; ils ont augmenté prodigieusement les revenus du sol écossais. Nous ne saurions trop nous hâter de les mettre en pratique dans notre département.

PIERRE.

Quels sont les bienfaits qu'ils procurent?

PÈRE SIMON.

Les labours profonds bonifient une grande quantité de terre en la mettant en contact avec l'air atmosphérique. Ils ameublissent le sol, et lui permettent de se mieux égoutter.

Enfin, ils facilitent le développement des racines.

PIERRE.

Il faut donc, quand on laboure, appuyer très-fort sur la charrue pour la faire pénétrer bien avant dans la terre?

PÈRE SIMON.

Il devrait en être toujours ainsi, d'autant plus que les charrues dont nous nous servons dans le Bordelais sont généralement défectueuses : elles sont trop étroites, et ne retournent, imparfaitement encore, que très-peu de terre. Il faudrait les remplacer par de plus complètes, de mieux fabriquées.

NICOLAS.

Il y en a une au château qui est en fer; elle est si lourde, que les bœufs ont de la peine à la traîner; comment feront-ils quand il faudra labourer?

PÈRE SIMON.

Il ne faut pas ainsi, petit Nicolas, dire du mal de ces beaux instruments perfection-nés, qui font beaucoup mieux le travail que les autres, et qui ne fatiguent guère plus les animaux, quoique vous en disiez.

NICOLAS.

Moi, père Simon, je ne fais en cela que rapporter ce que m'assurait mon oncle, encore hier, qu'il y aurait plus de bénéfice à les fabriquer qu'à les conduire.

PÈRE SIMON.

Quel est votre avis, Nicolas?

NICOLAS.

C'est d'apprendre l'état de forgeron, quand je serai devenu grand.

PÈRE SIMON.

Vous avez sans doute un motif qui vous guide pour avoir une pareille intention?

NICOLAS.

C'est parce qu'on gagne beaucoup d'argent quand on sait une profession qui permet de voyager ; tandis qu'en étant simple laboureur, je resterai toujours au village.

PÈRE SIMON.

Pauvre enfant! vous gagnerez de l'argent, dites-vous, si vous possédez un état qui vous permette de voyager ; je vais essayer de vous démontrer comment on n'y trouve le plus souvent que de la misère.

Pour apprendre l'état de forgeron, par exemple, vous donnerez, pour faire votre apprentissage , depuis l'âge de seize jusqu'à dix-neuf ans. Vos parents, qui maintenant ne vivent qu'à force d'économies, seront obligés de se priver pour vous nourrir pendant ce temps; tandis que, dans la profession de cultivateur, à cette époque vous gagneriez de bons appointements et vous pourriez leur venir en aide.

C'est de l'ingratitude de votre part de leur imposer de pareilles obligations; vos parents ont tort aussi de vous donner de semblables conseils.

A vingt ans, après être sorti de chez votre premier maître, vous commencerez vo-

tre tour de France. Vous arriverez à la ville,
où le travail est tout différent de celui qui
se fait à la campagne ; il faudra que vous
accordiez encore une année sans gages pour
vous mettre au courant. Viendra le moment
de la conscription ; si vous tombez au sort,
vous irez payer votre dette à la patrie.

Votre congé terminé, vous reviendrez à
vingt-huit ans pour vous fixer dans le pays ;
mais, comme depuis longtemps vous n'aurez pas touché le marteau, vous aurez oublié le peu que vous aviez appris. Ce travail vous sera trop pénible. C'est alors que
vous voudrez pratiquer le métier de votre
père ; mais personne ne voudra vous occuper, car vous ne saurez rien faire. Vous
serez malheureux.

Je suppose que vous deveniez un bon
travailleur, et qu'à vingt-un ans vous ne
soyez pas soldat. Si vous avez du goût
pour votre profession, et si vous êtes un
honnête garçon, vous pourrez vivre comme
ouvrier. Il ne faut point songer à faire des
économies : le prix de votre journée, quoique bien rétribué, suffira à peine pour votre nourriture, qui est très-chère dans les

grandes villes, pour vos habillements et votre entretien. Enfin, les soirées se passent ordinairement au cabaret; le goût de la dépense vient avec les mauvaises habitudes : vous y contracterez des dettes que vous ne paierez jamais; vous fuirez cette ville pour aller dans une autre recommencer la même existence.

Tout ceci ne prouve rien, me direz-vous, parce qu'avec de la fermeté de caractère on peut éviter l'auberge. Mais, alors, vous serez mal vu par vos amis, qui vous tiendront pour fier et pour dédaigneux.

Le pire de tout cependant, c'est le manque de travail. Vous irez d'atelier en atelier sans trouver d'occupation; vous serez seul au milieu d'une grande ville, sans appui, sans famille chez qui vous puissiez vous retirer; la faim vous forcera à vendre vos effets à vil prix, et vous tomberez alors dans la plus grande misère.

Admettons cependant qu'après avoir eu une excellente conduite, vous arriviez au village pour vous y établir. Comment ferez-vous pour vous acheter les outils nécessaires à votre état? Il vous faudra de l'argent ; qui vous le procurera ? Votre boutique étant installée, en attendant qu'il vous vienne du travail, qui vous nourrira? Prétendriez-vous, quand même vous auriez un peu d'occupation, arriver à supplanter complètement ceux qui y sont avant vous, et qui, depuis cinquante ans, de père en fils, ont toute la confiance des habitants? Il y a déjà deux forgerons au village, qui ont de la peine à vivre; quand vous y serez, il y en aura trois qui mourront de faim.

Le meilleur conseil que j'aie à vous donner, mon petit Nicolas, c'est de ne plus y songer.

Et vous, Pierre, quelle profession voulez-vous apprendre?

PIERRE.

Je veux toujours être agriculteur.

PÈRE SIMON.

Je vous approuve, mon enfant : c'est bien la plus belle profession que je connaisse. De tout temps elle a été ennoblie; c'est à juste titre : car, s'il est vrai que les

honnêtes sentiments et la vertu sont com-
patibles avec la vie simple et les bonnes
mœurs, c'est assurément chez le laboureur
qu'on les trouve réunis.

Autrefois, il n'y avait que deux professions avouées : celle des armes et celle de
l'agriculture. On ne connaissait pas les travaux artistiques de nos jours, qui ont fait
tant de malheureux.

Les soldats quittaient les armes pour cultiver les champs. Les plus riches, comme
les plus grands seigneurs, ne craignaient
pas de se déshonorer en travaillant eux-
mêmes leurs domaines; ils se trouvaient
heureux de quitter l'agitation des affaires
pour goûter la vie paisible des champs. On
estimait alors la prospérité d'une nation sur
l'abondance de ses produits.

Aujourd'hui, plus que jamais, l'agriculture occupe le premier rang parmi toutes
les professions en France; elle est appelée
à le conserver longtemps. C'est sur elle que
la France compte. Imaginons un instant
les champs déserts, les charrues brisées,
les fermes détruites, et qu'il n'y ait plus
de bras pour la culture; que deviendrions-

nous? Plus de blé ni de pommes de terre, plus de prairies ni d'animaux de boucherie; ce serait à mourir de faim. Que ferait alors, Nicolas, le forgeron?.... Non, mon ami Pierre, il n'y a pas de profession au-dessus de celle de *cultivateur*.

Puis, quand on a bon cœur, que l'on aime ses parents, que l'on tient à des amis avec qui on a passé sa jeunesse, quel bonheur de vivre avec eux, comme eux, en éprouvant les mêmes plaisirs, les mêmes joies du dimanche! Venir en aide à son vieux père, à sa vieille mère souvent infirme, n'est-ce donc rien?

D'un autre côté, si on ne fait pas fortune, on vit très-honorablement avec son travail de toute l'année; on finit par se ramasser quelque argent. Les dépenses pour la nourriture ne sont pas fortes : on peut donc s'assurer un petit avoir pour ses vieux jours. Il ne faut pas oublier non plus qu'un bon domestique trouve toujours un bon maître.

Continuez, mon ami Pierre, à rester dans cette bonne résolution; vous êtes sûr d'un avenir heureux.

Et vous, Nicolas, avez-vous toujours la même vocation?

NICOLAS.

Non, non, je ne veux plus être forgeron.

PÈRE SIMON.

Vous faites bien; plus tard vous n'aurez qu'à vous en louer.

Mais, mes amis, il se fait tard : à demain.

PIERRE ET NICOLAS.

A demain, père Simon.

CINQUIÈME SOIRÉE.

❧

Herbes nuisibles. — Assainissement des terres.

PÈRE SIMON.

Nous voilà bien disposés à faire la chasse aux mauvaises herbes qui sont dans les champs; car elles s'emparent de l'humus destiné aux autres végétaux, elles occupent leur place, nuisent à leur développement; et si on ne les détruisait pas avec vigueur, elles envahiraient tout.

PIERRE.

Comment se reproduisent-elles?

PÈRE SIMON.

Les unes à l'aide de leurs graines, les autres avec leurs drageons.

PIERRE.

Qu'est-ce que c'est que des drageons?

PÈRE SIMON.

Ce sont des petits nœuds ou bourgeons qui se trouvent aux tiges, et qui ont la propriété de fournir des racines.

NICOLAS.

Je connais ce proverbe : les mauvaises herbes croissent toujours.

PÈRE SIMON.

C'est vrai. S'il fallait vous en donner la preuve, je vous assignerais pour punition d'enlever toutes les herbes nuisibles d'un champ.

PIERRE.

Ce serait un pénible travail : quand il aurait terminé d'un bout, il pourrait recommencer de l'autre, sans jamais finir. Ces plantes se renouvellent si vite !

PÈRE SIMON.

Surtout le *chiendent*, dont nous allons nous occuper.

Il se plaît beaucoup dans les terres sablonneuses. Après avoir pris racine, il étale ses branches, qui, par leurs drageons, prennent adhérence au sol, et donnent naissance à de nouveaux végétaux.

PIERRE.

Comment s'y prend-on pour le détruire?

PÈRE SIMON.

On se sert de la charrue. Voici le procédé :

On passe l'extirpateur ; il détache le chiendent, et, par un bon labour, on l'enterre.

C'est sur la sécheresse du sol que l'on compte pour exécuter convenablement cette opération, que l'on recommence trois ou quatre fois en peu de temps.

Quelques cultivateurs préfèrent, quand le chiendent a été déraciné, le faire ramasser par des femmes à l'aide de rateaux; elles le brûlent ensuite.

Une fois cette plante desséchée, on est sûr qu'elle ne se reproduit plus.

PIERRE.

Père Simon, nous vous prions de nous donner l'explication de l'*extirpateur*.

PÈRE SIMON.

Son nom vous dit quel est son emploi, extirper les mauvaises herbes.

C'est un instrument à cinq socs placés sur un triangle de bois, qui, en pénétrant la terre, l'ameublit et déracine les plantes. — Ainsi, pour le chiendent, par exemple, l'extirpateur le brise et le sort de la terre.

NICOLAS.

On m'a dit que l'on préservait un champ de cette plante nuisible en traçant autour, avec la charrue, un sillon profond, que l'on nettoie fréquemment.

PÈRE SIMON.

C'est un moyen très-convenable, et que je vous conseille de mettre en pratique.

Pierre, savez-vous comment on se défait de la *folle avoine*?

PIERRE.

La *folle avoine*, qui me paraît aussi te-
nace que le chiendent, exige, pour être
détruite, les mêmes travaux que ce dernier.

PÈRE SIMON.

Elle vient surtout dans les terrains ar-
gilo-calcaires, et se reproduit par sa graine.

PÈRE SIMON.

Dites-moi, Nicolas, si je vous comman-
dais, par une forte gelée, car c'est le moment le plus convenable, de détruire la
rave sauvage, qui infecte les terres sablonneuses, comment vous y prendriez-vous?

NICOLAS.

Je serais bien embarrassé.

PÈRE SIMON.

C'est cependant très-simple. Vous vous
confectionneriez un balai avec de la bruyère
ou des ajoncs, et vous le passeriez sur la
surface du champ; les blessures que vous
feriez à cette plante seraient mortelles.

Il est une foule d'autres plantes nuisibles, que l'habitude vous fera connaître.

Puisque le temps nous le permet, nous finirons notre soirée en nous occupant des moyens employés pour assainir les terres.

Nous avons dit, en parlant de l'argile ou terre glaise, que quand elle était suffisamment imprégnée d'eau, elle ne se laissait plus pénétrer; c'est ce grand principe qu'il ne faut pas oublier, pour comprendre tous les travaux exécutés pour *assainir les terres*.

L'eau de pluie, souvent torrentielle, pénètre le sol arable, sablonneux; mais le sous-sol argileux ou aliosique qui n'est point ameubli, toujours imperméable, laisse le liquide à sa surface. Celui-ci s'étend et séjourne jusqu'à ce qu'il trouve un écoulement.

PIERRE.

Ainsi, toutes les fois que le sous-sol est formé par de la terre glaise ou de l'alios, il retient l'eau à sa surface; alors, cette humidité longtemps prolongée doit être pernicieuse aux végétaux.

PÈRE SIMON.

Elle pourrit les racines, donne naissance
à des plantes nuisibles, et après avoir dissout l'humus, quand elle s'est creusée un
passage, elle l'entraîne en filtrant.

NICOLAS.

C'est sans doute à cette nature du sous-
sol que sont dus les marais?

PÈRE SIMON.

Oui, le plus ordinairement; on cite même
un propriétaire qui, pour assainir un marais, fit perforer de plusieurs trous le sous-
sol avec une tarière de deux mètres. —
L'eau trouvant au-dessous une couche per-
méable, s'y précipita, et le marais fut desséché instantanément.

Vous auriez été bien étonné, Nicolas, en
voyant exécuter une pareille opération.

NICOLAS.

Sans doute, j'aurais beaucoup ri : faire
percer comme une planche à bouteilles le
fond d'un marais pour le dessécher, cela
m'eût paru fort singulier; mais, maintenant

que je connais la propriété de l'argile, je
comprends le bon résultat qu'on a obtenu.

PÈRE SIMON.

Les moyens les plus répandus pour assainir les terres sont : les fossés ouverts,
les fossés couverts, le drainage, les rigoles; enfin, le nivellement.

Fossés ouverts. On pratique des fossés
autour d'un champ pour donner écoulement
aux eaux. Connaissez-vous, Pierre, les précautions à prendre pour bien faire un fossé?

PIERRE.

Il faut que les bords aient une légère
pente, que les terres qu'on en retire, en
les faisant, soient jetées au loin, pour que
les eaux ne les rapportent pas.

PÈRE SIMON.

Il faut aussi que la pente d'écoulement
ne soit pas trop rapide, et que l'on ait la
précaution de les recurer fréquemment.

Eh bien! faites-nous connaître maintenant comment s'exécutent les *fossés couverts.*

PIERRE.

Père Simon, je n'en sais rien : je n'en ai jamais vu faire.

PÈRE SIMON.

Il est vrai qu'ils ne sont pas fréquents dans la Gironde. Voici comment on procède : Au lieu où l'on veut les établir, on trace un labour profond avec la charrue, et on les termine à la bèche. On remplit ensuite ces fossés avec des pierres, des branches d'arbres, des pins, des sarments; on place dessus une couche de paille pour éviter que la terre dont on les recouvre ne les comble. D'autres agriculteurs se contentent de poser des tuiles sur des briques, à la suite les unes des autres, de manière à former un canal qui verse les eaux dans un fossé principal.

PIERRE.

Alors, ce sont des fossés remplis de matériaux pour faciliter l'écoulement des eaux que l'on pratique dans le sous-sol.

PÈRE SIMON.

C'est cela. C'est même ce procédé qui a donné l'idée du *drainage*.

PIERRE.

Nous ignorons ce que c'est que le drainage.

PÈRE SIMON.

Je suis tout disposé à vous l'apprendre. C'est une invention anglaise.

NICOLAS.

Les Anglais inventent souvent en agriculture.

PÈRE SIMON.

Cela prouve qu'ils l'aiment, et qu'ils s'attachent tout spécialement aux réformes qui donnent la prospérité à leur nation. Ils ont de la persévérance, et quand ils agissent en vue de l'avenir, ils ne sacrifient jamais aux exigences du présent.

En France, les hommes d'intelligence, possédant de l'éducation, ne se livrent que très-peu à l'agriculture; ils s'en rapportent à leurs fermiers, à leurs hommes d'affaires,

qui, le plus ordinairement, imbus de préjugés, marchent dans l'ornière de leurs devanciers. Incapables de se rendre compte
des travaux qu'ils pratiquent journellement, ils ne sauront jamais rien améliorer.
Il n'en serait pas de même, si les hommes
qui s'occupent de cette branche d'industrie se livraient avec goût à leur profession.

Soyez persuadés, mes jeunes amis, que
si nos cultivateurs, nos laboureurs, enfin
tous ceux qui demandent à la terre le plus
de produits possible, possédaient les rudiments de leur métier, les simples connaissances que l'on exige de l'ouvrier pour
exercer son art, s'ils savaient raisonner
sans prévention les opérations qui améliorent notre culture, et si, surtout, ils les
exécutaient avec plaisir, ils finiraient certainement par être cités comme innova-
teurs en agriculture. La France aurait aussi
sa part de renommée. Mais nous avons la
faiblesse de dédaigner au village ce qui ferait notre gloire, pour aller chercher à la
ville ce qui fait notre infériorité.

Où en étions-nous restés?

PIERRE.

Vous allicz nous expliquer le drainage.

PÈRE SIMON.

Le drainage (1), au dire des Anglais, est une des plus belles inventions de l'époque, aidée des labours profonds. Cette opération est appelée à apporter une révolution dans les terrains à sous-sol argileux ou aliosiques rendus incultes par le séjour des eaux.

Quand je veux établir le drainage dans mes champs, je regarde d'abord la direction dans laquelle doit se faire le plus facilement, et à moins de frais, l'écoulement des eaux.

Ainsi, Pierre, je suppose que votre champ soit incliné : dans quel sens ferez-vous le drainage?

(1) C'est M. Grimailh qui, le premier, introduisit le drainage dans la Gironde, sur sa propriété du château Ballac, à Saint-Laurent (Médoc). — M. Grimailh avait installé son usine à fabrique de drain et avait drainé une année avant M. le comte Duchâtel.

(Note de l'Auteur.)

PIERRE.

Dans le sens même de la pente.

PÈRE SIMON.

Très-bien. Vous disposerez des fossés depuis six jusqu'à huit mètres de distance les uns des autres, selon les besoins d'écoulement, dans des terrains forts, et depuis dix jusqu'à dix-huit mètres dans des terrains légers; vous les ferez très-étroits et profonds de *un mètre vingt centimètres environ*.

NICOLAS.

A quoi servent ces fossés étroits et profonds?

PÈRE SIMON.

A recevoir au fond des petits tuyaux de *trois à cinq centimètres* de grosseur (diamètre), d'un pied de longueur, en terre glaise cuite, que l'on nomme des *drains*.

NICOLAS.

Comment les fabrique-t-on?

PÈRE SIMON.

A l'aide d'une machine qui en donne cinq à six mille par jour.

On rapproche les drains, de manière à faire des canaux parfaitement continus.

De sorte que le champ se trouve ensuite comme posé sur un crible, placé au-dessous de sa surface à un mètre vingt centimètres.

PÈRE SIMON.

Quand les drains ont été conduits jusqu'à l'extrémité de la pente du champ, on les fait verser dans d'autres tuyaux plus gros, percés d'un trou rond, disposé pour les recevoir. Ces gros tuyaux réunis forment un conduit qu'on appelle *collecteur ;* il sert à transporter les eaux.

PIERRE.

Comment fixe-t-on ces tuyaux dans la terre ?

PÈRE SIMON.

De la même manière que si vous les placiez sur votre table, les uns à la suite des autres. Vous mettriez leurs ouvertures en regard et vous les consolideriez avec des cales. La même chose s'exécute dans le fond des fossés; on appuie et on fixe les tuyaux avec de la terre.

NICOLAS.

Ils ne se dérangent jamais?

PÈRE SIMON.

Très-rarement quand ils sont bien fixés.

PIERRE.

Père Simon, vous nous avez dit plusieurs fois, que plus la terre était meuble, et plus les racines des végétaux allaient profondément prendre leur nourriture. Est-ce que les drains ne sont pas exposés à être dérangés par les racines?

PÈRE SIMON.

Cela arrive quelquefois : ainsi, celles d'un pied de vime sont entrées dans des drains, et les ont complètement bouchés dans une longueur de plus de douze mètres.

PIERRE.

Alors, il faut avoir soin de les éloigner ou de détruire les racines des plantes qui

5*

sont sujettes à prendre une grande extension.

NICOLAS.

Quel est l'inconvénient de ces tuyaux
une fois obstrués?

PÈRE SIMON.

Les eaux n'ayant plus d'écoulement, re-
montent à la surface du sol ; ils inondent le
terrain.

PIERRE.

Comment faire pour les déboucher?

PÈRE SIMON.

Il faut creuser les fossés et remplacer les
tuyaux. C'est un grand inconvénient.

Nicolas, avez-vous fait attention, en
vous promenant dans les champs, à l'utilité des *rigoles?*

NICOLAS.

Oui, père Simon : elles conduisent les
eaux dans les raies d'écoulement ; aussi,
quand il y a plu, je saute toujours sur les
billons, de crainte que mes pieds ne s'en-
foncent dans les rigoles humides.

PÈRE SIMON.

Les rigoles seront tracées plus profondément que la couche végétale.

Les *raies d'écoulement* coupent en travers les rigoles et les billons, et donnent écoulement aux eaux dans le fossé.

Les transports de terre ou le *nivellement,* est une opération très-coûteuse, qui consiste à transporter de la terre des bords d'un champ pour combler toutes les cavités où séjournent les eaux.

PIERRE.

J'ai vu faire ce travail par plusieurs ouvriers, à l'aide de brouettes.

PÈRE SIMON.

Il est bien préférable, pour économiser la main-d'œuvre, de faire usage de la *ravale.* Cet instrument sert au transport des terres des points élevés dans les parties basses; il vous suffira de le voir fonctionner pour en comprendre la simplicité.

Mais terminons notre soirée. Demain nous étudierons les irrigations.

SIXIÈME SOIRÉE.

❦

Des irrigations. — Des défrichements.

——

PÈRE SIMON.

Je vais vous entretenir des *irrigations*, c'est-à-dire de l'arrosement en grand des prairies.

Dans notre troisième soirée, nous avons dit que la chaleur était utile à la végétation; mais ne pensez-vous pas, Pierre, qu'elle puisse quelquefois lui être nuisible?

PIERRE.

Quand elle est trop élevée ou trop prolongée, elle sèche les plantes.

PÈRE SIMON.

Comment vous y prendriez-vous pour détruire ou pour diminuer les effets pernicieux occasionnés par une grande sécheresse ?

PIERRE.

Je répandrais de l'eau sur les plantes; c'est pour ce motif que l'on désire si ardemment la pluie dans de pareils moments.

PÈRE SIMON.

Ceci vous prouve que s'il n'y a pas de végétation sans chaleur, il n'y en a pas non plus sans humidité.

NICOLAS.

Vous nous avez appris à assainir les terres en en retirant la trop grande humidité; nous allons savoir maintenant comment il faut s'y prendre pour l'employer utilement.

PÈRE SIMON.

Bien qu'il n'appartienne qu'à Dieu de régler la pluie et l'action du soleil, quel bénéfice n'obtiendrait-on pas si l'on pouvait répandre de l'humidité suivant les besoins du sol et des végétaux, et atténuer les désordres d'une grande sécheresse? Les terres légères surtout, plus promptes à être brûlées, en retireraient d'importants avantages.

Qui de vous, mes enfants, connaît les jardinages de Bègles et d'Eysines?

PIERRE.

Moi, père Simon. L'eau qui y abonde permettant de faire des arrosages fréquents, on y récolte d'abondants légumes.

PÈRE SIMON.

Eh bien! ces terrains étaient autrefois incultes; tandis qu'aujourd'hui, ils donnent l'aisance dans ces petites localités.

NICOLAS.

C'est pour cela que j'ai entendu dire qu'avec de l'eau on avait de l'herbe.

PÈRE SIMON.

Ce proverbe est vrai; mais il faut que les eaux ne séjournent pas sur les prairies.

Pour comprendre la grande utilité des irrigations, il faudrait pouvoir arroser avec une quantité d'eau réglée suivant la nature du sol et les besoins des végétaux; tenir compte de la sécheresse, de l'écoulement plus ou moins rapide du liquide, et d'une foule d'autres considérations particulières à chaque localité.

PIERRE.

Est-ce que, quand la rivière déborde, les eaux qui se répandent sur les terrains environnants n'ont pas une action pernicieuse?

PÈRE SIMON.

Ces irrigations sont dites *naturelles par inondation*, et les sables ou limons qu'elles déposent sont du meilleur effet, surtout pour les prairies; mais il ne faut pas que leur séjour soit d'une trop longue durée.

On pourrait pratiquer des irrigations dans quelques localités, en établissant des *réservoirs* pour retenir les eaux pluviales ou celles des ruisseaux, qui se perdent sans utilité. Ce seraient des rigoles qui porteraient au loin le liquide fécondant.

Malgré les difficultés de l'exécution, ne désespérons pas de les voir établir dans les contrées de la Gironde favorisées par des courants d'eau.

Mes amis, vous avez probablement entendu parler de *défrichement ;* savez-vous ce que c'est ?

PIERRE.

C'est rendre cultivable un champ qui ne l'était pas. Mon père, en achetant un petit morceau de lande, disait qu'il voulait le défricher avec la pioche.

NICOLAS.

Est-ce qu'on défriche avec autre chose que la pioche ?

PÈRE SIMON.

On se sert de la charrue.

NICOLAS.

J'ai toujours vu employer la pioche, et je crois que c'est ce qu'il y a de mieux. La charrue ne se sortirait jamais de nos landes, s'il fallait les défricher.

PÈRE SIMON.

Nicolas, je veux vous convaincre à la première occasion qui sé présentera. Vous vous rendrez compte que la charrue déracine, brise, enlève les bruyères, les genets, les ajoncs, enfin tous les végétaux qui s'opposent à sa marche ; que le sol est remué à une plus grande profondeur que s'il était fait à la pioche, et que l'emploi de deux forts attelages pour la traîner, et de deux hommes, dont l'un sert à conduire, et l'autre à arracher les racines et à aplanir les difficultés, tout en accélérant les travaux, donnent une économie de moitié.

La bêche n'est un instrument suffisant que quand il s'agit d'une petite étendue de terre, et surtout quand le cultivateur ne possède ni charrue ni attelage ; mais il ne saurait en être de même quand on opère sur une vaste échelle.

A la suite d'un premier labour très-profond, donné sur une lande en défrichement, on brise les mottes par un hersage. On enterre les végétaux nuisibles quelque temps après, par un second labour. Beaucoup d'a-

griculteurs accordent une jachère d'un an
pour mieux préparer le sol.

PIERRE.

Puisque la charrue facilite les défrichements, on pourrait mettre en culture ces
vastes étendues de terres qui ne rapportent
rien, et qu'on nomme les *landes*.

PÈRE SIMON.

Certainement. Mais on ne doit jamais
oublier qu'un petit champ bien pourvu
d'engrais produira davantage qu'une propriété plus vaste qui aura été négligée.
Dans une exploitation bien comprise, on
ne doit défricher qu'une quantité de terrain en rapport avec les ressources de fumure et les dépenses que peut y faire le
propriétaire. Ce n'est donc pas à la grande
étendue de terrains mis en défriche qu'il
faut s'attacher, mais au bon entretien des
terres arables.

PIERRE.

Père Simon, pourquoi brûle-t-on les
terres?

PÈRE SIMON.

Pour détruire les plantes nuisibles, ainsi que les insectes qui s'y trouvent. Cette opération, qui s'appelle *écobuage*, a aussi l'avantage de rendre les terres plus meubles et de fournir des *cendres* qui sont de puissants *stimulants*. Voici comment on y procède : Après que la charrue a défriché une lande, par exemple, on entasse les plantes et les mottes de terre, et on y met le feu ; on répand ensuite les cendres, que l'on recouvre par un labour.

NICOLAS.

Tout ce que vous dites, père Simon, n'empêche pas que de tout temps on a défriché avec la pioche, et, quoiqu'on invente, elle sera encore ce qu'il y aura de mieux.

PÈRE SIMON.

Ce n'est que le préjugé qui vous fait parler ainsi ; j'aime que l'on raisonne, et que l'on n'accepte un fait que quand il est l'expression de la vérité. Voyons : pourquoi

préférez-vous la pioche pour faire les défrichements ?

Parce qu'en tout temps l'on s'en est servi,
que les défrichements occupent un grand
nombre d'ouvriers, et que la charrue, en
faisant cette opération, sort le travail aux
cultivateurs.

Votre premier argument est sans valeur.
Dire qu'on doit toujours faire usage de la
pioche pour défricher une lande parce qu'on
s'en sert depuis longtemps, n'est pas une
raison, si l'on démontre que tout autre instrument la remplace avec plus d'avantages.
Eh bien ! il a été calculé qu'avec une charrue perfectionnée, traînée par un bon attelage de quatre chevaux conduits par deux
hommes, suivant la nature du terrain, on
défrichait autant de lande en un jour que
cinquante hommes en pourraient faire au
pic ou à la pioche, en travaillant avec as-
siduité. Cette économie est immense quand
elle s'étend sur un vaste domaine.

Votre seconde objection prouve que vous

comprenez l'importance de la charrue. Vous craignez qu'elle n'enlève le travail à l'ouvrier. Cette crainte est mal fondée. Mais supposons cependant qu'elle soit vraie : pensez-vous, quoi que vous fassiez, empêcher tôt ou tard la vérité de se faire jour? Vous essayerez de la cacher, vous y apporterez toute la mauvaise foi possible, que malgré vous elle percera et se montrera aux yeux intéressés. Cessez donc de nier ce que l'expérience vous démontre.

Mais la crainte que vous manifestez de voir une diminution dans l'emploi des hommes, est-elle sérieuse?... Non... car ce n'est pas seulement parce que la charrue donne de l'économie que l'on est venu à en faire un usage si général : le manque de bras dans nos campagnes en est aussi la cause. Nos campagnes se dépeuplent tous les jours.

Les pères qui ont ramassé un petit avoir au travail des champs veulent élever leurs enfants au-dessus d'eux, du moins ils se l'imaginent, en les envoyant dans les villes voisines apprendre de nouvelles professions; il est vrai qu'ils reconnaissent plus

tard qu'il eût été beaucoup plus sage de
les retenir près d'eux et de les dresser aux
pratiques de l'agriculture : ils les rappellent,
mais trop tard, au foyer domestique. Ils se
sont créés de nouvelles habitudes, et la
vie des champs ne saurait plus leur conve-
nir. — Ce n'est pas le travail qui manquera
aux habitants des campagnes ; ce seront
eux qui manqueront à la culture.

NICOLAS.

Mais, puisque une charrue peut faire en
un jour l'ouvrage de cinquante hommes,
quelle occupation auront ces derniers ?

PÈRE SIMON.

Observez qu'il ne s'agit ici que d'un travail qui n'est pas habituel, et que, pour
l'exécuter, on ne trouverait pas suffisamment de main-d'œuvre. Cela est si vrai,
que journellement nos grands travaux de
terrassement, et même de plantation de
vignes, sont confiés à des mains étrangères
à notre département.

Ces travaux de défrichement mettant une

plus grande quantité de terre en culture, assurent du travail à un plus grand nombre de bras.

Vous le voyez, mon petit Nicolas, il ne faut pas se faire le propagateur de certaines idées avant d'en avoir senti toute l'exactitude. Les modifications qui tiennent au progrès, s'il faut les accueillir avec prudence pour ne point se livrer aveuglément à de fausses entreprises, ne doivent pas être rejetées à l'avance et sans examen.

Mais, à une autre soirée, mes jeunes amis.

SEPTIÈME SOIRÉE.

⁂

Des assolements.

PÈRE SIMON.

Mes bons amis, prêtez-moi toute votre attention; car nous allons nous occuper dans cette soirée de la connaissance des terres appliquées aux végétaux.

PIERRE.

Père Simon, ne craignez pas de nous fatiguer; nous écoutons toujours vos leçons avec plaisir.

PÈRE SIMON.

Eh bien! apprenez :
Qu'il y a des plantes qui ne viennent pas

6

dans certaines terres, où d'autres prospè-
rent.

Que quelques-unes prennent une grande
quantité de matériaux au sol, et sont appelées *épuisantes*. Ce sont celles qui , par
des racines chevelues et traçantes, absorbent plus de principes nutritifs dans la terre
qu'elles n'assimilent par leurs feuilles d'é-
léments dans l'atmosphère; et ce sont aussi
celles qui produisent des graines.

Que les plantes *améliorantes*, au contraire, sont celles que l'on coupe en vert,
ainsi que toutes celles qui absorbent beaucoup dans l'atmosphère et qui sont pourvues de racines pivotantes.

Que certaines récoltes salissent le terrain
en laissant croître les mauvaises herbes,
tandis que d'autres le nettoient en les étouf-
fant.

Qu'il y a donc un avantage immense, et
c'est même de là que dépend le revenu
d'une exploitation, de bien connaître *les
cultures qui doivent se succéder* avec le plus
de bénéfice, sans se nuire les unes aux autres ni appauvrir le terrain.

C'est ce roulement dans l'ordre des produits qu'on appelle *assolement*.

PIERRE.

Un assolement est donc l'art de varier la culture sur le même terrain.

PÈRE SIMON.

Oui, mais en tenant compte de l'effet de chacune d'elles sur la sole.

PIERRE.

Qu'appelle-t-on *sole?*

PÈRE SIMON.

On désigne ainsi le terrain destiné par l'assolement à recevoir une culture.

La même culture ne doit jamais être faite deux fois de suite sur la même sole. Il en est de même des plantes de la même famille, qui ne peuvent, sans se nuire, donner deux récoltes successives.

Ainsi, on ne doit pas faire du froment deux années de suite sur le même champ, pas plus que deux récoltes d'avoine.

NICOLAS.

Mais on peut semer une année du froment, et l'autre année de l'avoine.

PÈRE SIMON.

Non; car le froment et l'avoine sont de la même famille des graminées.

NICOLAS.

Alors, que faut-il cultiver ?

PÈRE SIMON.

Une plante qui, coupée en vert, comme fourrage, n'altérera pas la sole : le trèfle, par exemple, ou des racines pivotantes, comme les betteraves, les raves, etc.

PIERRE.

Ainsi, il faut alterner les produits qui altèrent le sol avec ceux qui l'améliorent, ceux qui le salissent avec ceux qui le nettoient.

NICOLAS.

Cependant, on sème tous les ans du chanvre dans notre jardin, et il y vient très-beau.

PÈRE SIMON.

Le chanvre fait exception à la règle gé-
nérale.

Il est de remarque, que plus l'intervalle
qui sépare le retour d'une plante de la
même famille est éloigné, plus l'abondance
du produit est assurée.

On a également observé que, quand une
récolte de nature différente était fertile,
celle qui suivait l'était aussi; et que l'in-
verse arrivait quand les produits étaient
de la même famille.

Ainsi, une bonne récolte de blé assure
que celle de trèfle ou de pommes de terre
qui la suivra, sera très-abondante; tandis
que, si l'on ensemençait le même champ
avec d'autres céréales, du seigle ou de l'a-
voine, par exemple, le produit serait très-
inférieur.

Ce serait le moment de vous entretenir
des jachères, si vous ne les connaissiez
pas.

PIERRE.

Je me souviens de ce que vous nous en
avez dit. Après deux années de céréales,

6*

on était dans l'habitude de laisser la terre
en repos pendant un an.

PÈRE SIMON.

On retrouve encore ce mode de culture
sur quelques propriétés négligées.

Les assolements varient suivant une foule
de circonstances dépendantes des localités,
de la composition des terres, du climat, etc.

La position des propriétés est aussi à
considérer. Les habitants des environs de
Bordeaux, qui ont des débouchés faciles,
pouvant se procurer des fumiers, donne-
ront la préférence aux récoltes de vente;
ceux, au contraire, qui sont trop éloignés
pour se pourvoir facilement des produits
de la ville, devront s'attacher davantage
aux fourrages, pour élever un grand nombre d'animaux.

PIERRE.

Il faut alors préférer les rendements,
dont le placement ou l'emploi est le plus
assuré.

PÈRE SIMON.

Sans doute; en voici un exemple :

Un cultivateur possédant beaucoup d'a-
nimaux, méconnaîtrait ses intérêts en ne
récoltant que du blé ou des produits de
commerce; ses animaux dépériraient faute
de nourriture, ou augmenteraient de beaucoup les dépenses s'il fallait acheter leurs
fourrages. On doit retirer de la propriété
tout ce qui est nécessaire à leur entretien.

PÈRE SIMON.

Un bon système d'assolement est indispensable dans une vaste exploitation. Pour
l'établir, il faut tenir compte des habitudes
des localités, persuadé que l'intérêt a introduit une culture en rapport avec la nature du terrain. S'il faut chercher à per-
fectionner, il faut n'accepter les innova-
tions qu'avec modération.

NICOLAS.

Ainsi, il ne faut pas toujours blâmer les
habitants qui, dans certaines contrées, ne
font venir que du seigle.

PÈRE SIMON.

Non; car ils ont probablement essayé d'y

récolter du blé, qui n'y a pas réussi. Ces essais doivent toujours être faits avec prudence; mais, aussi, il ne faut pas oublier qu'il est généralement admis que les prairies artificielles, les fourrages ou les racines, doivent entrer pour un bon tiers dans un assolement.

Une exploitation sera d'autant plus prospère qu'elle aura été plus abondamment fumée.

Les assolements bien raisonnés, tout en augmentant le revenu d'une propriété, économisent le fumier et enrichissent le sol.

NICOLAS.

Mais, père Simon, ne pourrait-on pas essayer d'obtenir sans interruption une seconde récolte de blé? Quand il est très-cher, par exemple, ce serait un grand bénéfice.

PÈRE SIMON.

On ne doit jamais sacrifier l'avenir au présent, et intervertir l'ordre d'un système d'assolement dans le but d'obtenir un produit d'un grand revenu devant nuire au domaine et aux autres cultures.

Le climat influe beaucoup sur le choix des récoltes.

C'est ce que je ne comprends pas bien.

L'humidité, par son séjour, nuit à l'accroissement des végétaux ; parfois même elle les pourrit; elle dissout l'humus et entraîne le principe fécondant : c'est ce qui arrive dans nos grandes pluies de printemps. Il est des plantes qui en souffrent, d'autres qui en périssent. La chaleur augmente la végétation des plantes; mais la sécheresse est nuisible : celle du mois de juillet et d'août de notre département ne permet pas de compter sur les céréales d'été.

Le maïs et le millet sont, au contraire, des fourrages qui viennent avec succès, malgré les grandes chaleurs.

On les cultive beaucoup dans les landes, où ils sont d'une grande ressource dans les terrains arides et sablonneux.

PÈRE SIMON.

Connaissez-vous, Pierre, quelles sont les racines à préférer dans un bon assolement?

PIERRE.

Je crois que ce sont les pommes de terre.

PÈRE SIMON.

Oui, quand vous n'aurez pas beaucoup d'animaux à nourrir; autrement, il vaut mieux produire des betteraves, des raves et des carottes. On s'arrange de manière à faire venir de chaque chose.

A la suite des récoltes racines succèdent avantageusement les céréales d'automne, que l'on sème en octobre.

PIERRE.

Le froid ne gèle pas le grain ni la jeune plante?

PÈRE SIMON.

Les hivers ne sont généralement pas à redouter dans notre Gironde : les dernières gelées du printemps n'ont que peu d'effet sur les terres bien fumées; les plantes vigoureuses ne les craignent pas.

Mais, mes jeunes amis, pour ne pas vous rendre cette soirée trop fatigante, j'arrêterai à ces quelques données le principe des assolements. En parlant des végétaux et en décrivant leur mode de culture, je vous ferai connaître les natures de terre qui leur sont avantageuses.

Plus vous avancez en agriculture, plus vous comprenez que ces connaissances devront vous favoriser dans vos travaux.

NICOLAS.

Père Simon, toute cette instruction ne nous fera pas gagner plus d'argent; elle est bonne à notre maître, qui en a le profit.

PÈRE SIMON.

Éviter de vous instruire quand vous en trouvez l'occasion, devriez-vous n'en point faire usage, est de votre part un tort dont je vous blâme sévèrement. On n'est jamais trop savant. Les connaissances que vous avez déjà, unies à celles que vous possèderez quand nous aurons terminé nos soirées, vous feront saisir toutes les opérations qui favorisent l'agriculture. Vous appliquerez les théories qui produisent l'amélioration dans les récoltes; vous expliquerez la marche à suivre pour donner le plus grand revenu au domaine; vous exécuterez avec facilité ce qui vous sera commandé, parce que vous pourrez raisonner l'importance de ces travaux; vous serez l'ouvrier le plus laborieux et le plus intelligent. Ce sera déjà une bien grande satisfaction que de sentir vous-même votre supériorité sur vos camarades, qui ne manqueront pas, de leur côté, de s'en apercevoir et de l'avouer hautement, parce qu'elle sera méritée. Vos maîtres, surtout, vous remarqueront bien vite parmi tous ces laboureurs obscurs et ignorants, qui n'agissent que par habitude, et qui ne travaillent que parce qu'ils y sont forcés pour vivre; ils vous accorderont leur confiance; souvent même ils prendront vos conseils. Vous deviendrez leur homme d'affaires, leur régisseur; la direction des autres ouvriers vous sera confiée; c'est même par vous que sera gérée une vaste propriété, et vous ne devrez cette belle position qu'à vos premières études, qui vous auront fait comprendre les bienfaits de l'application raisonnée en agriculture.

Vous voyez, Nicolas, que le savoir ne nuit pas, et qu'il aide beaucoup à gagner plus d'argent.

HUITIÈME SOIRÉE.

❧

Des prairies naturelles.

———

Les *prairies naturelles* sont celles qui
sont formées généralement de graminées,
et qui sont permanentes, comme si elles
existaient naturellement.

Il y a aussi des *prairies artificielles*,
dont nous nous occuperons plus loin.

PIERRE.

Comment s'y prend-on pour faire une
prairie naturelle ?

PÈRE SIMON.

Après avoir préparé le terrain que l'on

destine à cet usage, en le nettoyant des plantes nuisibles, on sème de préférence la graine des plantes des prés voisins, avec la certitude que ces herbes conviendront au sol ; mais le choix de ce terrain n'est pas indifférent : plus il est fertile, et plus on est sûr du succès.

Il est une plante surtout dont on se trouve très-bien : c'est le *ray-grass des Anglais.*

NICOLAS.

Les prés situés sur les bords des fleuves et des courants d'eau sont plus productifs que ceux qui sont dans les lieux élevés.

PÈRE SIMON.

C'est ce qui prouve qu'il faut de l'humidité aux prairies; mais elle ne doit pas leur nuire par son séjour; car, alors, les eaux font croître des végétaux de mauvaise qualité, qui ne sont propres qu'à faire de la litière. C'est le caractère des *prairies marécageuses :* elles ont le sous-sol argileux. On les trouve assez généralement aux bords de notre rivière.

Les prairies arrosées par les eaux qui ont

un libre écoulement, fournissent abondamment. Elles sont connues sous le nom de
prairies basses; elles reçoivent les eaux fé-
condantes des champs supérieurs.

Enfin, les *prairies sèches* sont situées en
plaine ou sur des points élevés; elles ne
retiennent pas l'humidité.

NICOLAS.

Il est agréable de n'avoir que des prairies dans une propriété : elles n'exigent ni
soins ni connaissances agricoles; il n'y a
qu'à ramasser le foin.

PÈRE SIMON.

En négligeant les prairies, on s'expose à
les voir envahir par une foule d'herbes nuisibles.

Ainsi, les cavités où séjournent les eaux
se remplissent de plantes aquatiques; les
mousses prennent les places inoccupées, et
peu à peu on voit disparaître les bonnes
herbes.

NICOLAS.

Cependant, on m'a dit bien souvent qu'il

n'y avait rien à y faire, et qu'elles don-
naient un revenu net.

PIERRE.

Moi j'ai vu étendre du fumier sur une
prairie; puis, une dizaine de jours après,
on le relevait pour le porter sur une autre
surface.

PÈRE SIMON.

Cette pratique est très-bonne, surtout
sur les prairies sèches.

Comprenez-vous, Pierre, quel était le
but que se proposait d'atteindre celui qui
agissait ainsi?

PIERRE.

Le fumier déposait ses principes fertilisants sur les plantes, et leur donnait une
plus grande force de végétation.

PÈRE SIMON.

On ne se sert pas constamment de fumier; on fait souvent, et avec avantage,
répandre de la chaux, des cendres, des ré-
sidus de brasserie de bierre, etc., etc.; mais

on se trouve très-bien des arrosages avec l'urine.

Il est cependant des localités favorisées, où les irrigations se font convenablement, où le sol ne possède qu'une humidité favorable, qui ne réclament que des soins d'entretien. Ces prairies sont bien précieuses.

Il ne faut pas omettre dans les prés, à sol léger surtout, de placer les *taupinières* avant que l'herbe soit grande.

Que penseriez-vous, Pierre, si vous me voyiez labourant la surface d'une prairie, au commencement de la végétation, à l'aide d'un cheval attelé à un instrument de forme triangulaire, et portant des dents de fer inclinées en avant?

PIERRE.

Je ne saurais comment me rendre compte des bienfaits d'une opération qui bouleverse les plantes.

PÈRE SIMON.

Les bons effets du *hersage* sont cependant incontestables. La *herse* (c'est le nom de l'instrument dont je viens de vous par-

ler) enlève avec ses dents de fer la croûte
durcie du gazon, ameublit la terre, permet
à l'air d'y pénétrer, favorise l'action du
fumier, et chausse le collet des plantes.

NICOLAS.

Eh bien! moi, j'aurais supposé un effet
contraire; et, tout en redoutant que cet
instrument, avec ses dents de fer, n'arra-
chât les herbes si tendres, je n'aurais pas
compris comment celles-ci auraient pu se
refaire d'un pareil bouleversement.

PÈRE SIMON.

Il en est ainsi cependant; et ce qui le
prouve, c'est la force nouvelle avec laquelle les plantes hersées poussent et ver-
dissent.

Ces soins ayant été donnés aux prairies,
on arrive bientôt au moment de la *fenaison*.

Imaginez-vous, mes jeunes amis, que
vous vous trouvez, par une belle journée de
chaleur du mois de juin, au milieu d'une
vaste prairie : dites-moi si elle est bonne
à être fauchée.

NICOLAS.

Pour m'en assurer, je ramasserai des herbes; et si elles sont sèches et prêtes à perdre leurs graines, je conclurai que c'est le moment propice pour la fenaison.

PIERRE.

Sans doute; mais, au même endroit de ces herbes si élevées, j'en cueillerai d'autres, toutes petites, bien vertes, et qui grandiraient encore beaucoup.

PÈRE SIMON.

Vous avez reconnu les difficultés qu'on éprouve à saisir le moment le plus opportun pour faucher les prairies naturelles. Cela tient à ce qu'elles sont formées par une quantité de plantes d'espèces différentes, ne possédant pas le même degré de fertilité.

Il ne faut point faucher avant que les graminées soient en fleurs, parce que, n'ayant pas acquis tout leur développement, il y aurait une perte dans la quantité.

Si on attend que les tiges se dessèchent sur pied, non-seulement elles perdent de

7*

leur poids et surtout de leurs principes nutritifs, mais elles se conservent difficillement et n'ont qu'une faible odeur.

Le moment le plus convenable est celui où la prairie est tout émaillée de fleurs. Au reste, l'expérience est le meilleur guide dans cette circonstance.

Après avoir arrêté l'exécution de ce travail, on attend une belle journée de soleil, on s'empare de la faux, et...

NICOLAS.

Je sais comment il faut la faire manœuvrer. On coupe l'herbe près de terre, aussi loin que l'on peut, en décrivant un demi-cercle. Quand l'instrument ne coupe plus, on le repasse avec une pierre à aiguiser.

PÈRE SIMON.

On appelle *andain* la quantité d'herbe qu'un faucheur peut couper à chaque pas qu'il avance.

PIERRE.

Le moment le plus convenable de la journée pour faucher, c'est le matin : les plantes sont encore tendres et pénétrées d'humidité.

NICOLAS.

On ramasse avec des fourches les andains, et on les étend régulièrement pour les faire sécher.

PIERRE.

Il faut les remuer souvent dans la journée, afin que la dessication se fasse d'une manière uniforme.

PÈRE SIMON.

Si vous craignez la pluie, gardez-vous de remuer l'herbe fauchée.

S'il pleut longtemps, il ne faut la retourner que quand elle commence à jaunir.

Enfin, si elle est sèche, évitez toute humidité en la réunissant en tas, qu'on nomme *chevrottes*. Les tas ou chevrottes se font à la fin de la journée.

La dessication étant complète (ce que l'on reconnaît facilement, en soulevant l'andain, s'il ne reste aucune humidité sur le sol), on dispose les *meules* ou *pilles* dites marchandes, qui contiennent au moins cent

une bottes de foin, de six kilogrammes chaque.

Quelles précautions prendriez – vous,
Pierre, pour garantir votre foin de l'humidité, si vous vouliez le conserver au
dehors ?

PIERRE.

Je choisirais une place bien sèche, que
je couvrirais de paille ; j'étendrais le foin
par couches serrées, et, arrivé à la hauteur
voulue, j'envelopperais la meule avec de
la paille, surtout du côté d'où vient la
pluie.

NICOLAS.

Je préférerais bien le loger dans des bâtiments, sous un hangar, dans une grange,
ou au-dessus de l'étable.

PÈRE SIMON.

Sans doute, cela vaut beaucoup mieux ;
mais, dans ce cas, on fera attention à ce
que le foin soit bien sec en le rentrant, et
à le bien presser en l'entassant, afin qu'il
ne s'échauffe pas et que des courants d'air
n'y mettent pas le feu. — On évitera aussi

qu'il ne s'imprègne de l'odeur de l'écurie,
ce qui le ferait refuser par les animaux.

La prairie étant débarrassée du foin, on
la livre aux bestiaux, à moins qu'on ne
désire faire une seconde coupe, qui porte
alors le nom de *foin regain*.

NICOLAS.

Quand la prairie est fauchée, on peut
aller s'y promener sans lui porter aucun
tort.

PÈRE SIMON.

Est-ce que vous aimez l'époque de la
fenaison, petit Nicolas?

NICOLAS.

Oui, père Simon, parce qu'on s'y amuse:
on joue tout en travaillant; les plus jeunes
font des espiégleries, et quand tout est fini,
on danse.

PIERRE.

Nous sommes surtout très-gais quand le
temps est beau, et quand le foin, très-
abondant, est parfaitement desséché. Nos
maîtres profitent d'une bonne réussite, et
nous, nous prenons notre part de ce succès.

PÈRE SIMON.

C'est en effet avec bonheur que l'on voit arriver partout l'époque de la fenaison. On s'en occupe à l'avance, on en parle long-temps après, en se rappelant les mille circonstances qui ont égayé les journées de travail. Ces moments de franche gaîté, qui se renouvellent aux différentes moissons, dédommagent des craintes qu'on a éprouvées sur les résultats. C'est un plaisir sans mélange de regrets ni d'amertume, et que l'on voit se reproduire toujours avec une nouvelle satisfaction. Ah! si vous saviez, mes jeunes amis, combien ces joies sont rares à la ville, vous ne désireriez jamais abandonner la campagne.

Je vous y engage sincèrement.

NEUVIÈME SOIRÉE.

❖

Des prairies artificielles. — Des racines.

———

PÈRE SIMON.

Les prairies *artificielles* sont formées de plantes légumineuses. Beaucoup ne durent qu'un an, tandis que d'autres ont une existence de plusieurs années.

N'oubliez jamais, mes jeunes amis, que c'est à leur introduction en agriculture que nous sommes redevables des améliorations apportées depuis quelque trentaine d'années dans notre économie rurale. Le département de la Gironde commence, quoique lentement, à les mettre en pratique. Espérons que le temps les rendra plus familières aux cultivateurs, qui en comprendront enfin les immenses avantages.

PIERRE.

Quels sont les bénéfices qu'on trouve à les cultiver ?

PÈRE SIMON.

Les légumineuses disposent favorablement le terrain pour les plantes qui doivent leur succéder, et surtout pour les céréales, froment, seigle, etc.

Etant pourvues d'une grande quantité de feuillage, elles absorbent dans l'atmosphère et n'épuisent pas la terre; elles l'engraissent, au contraire, quand on les enfouit par un labour.

Elles possèdent, comme fourrage, des principes nutritifs de beaucoup supérieurs aux graminées.

Ainsi, je suppose qu'un champ ensemencé d'une prairie artificielle me fournisse une quantité de fourrage pouvant nourrir un nombre double de bestiaux que si ce même champ était occupé en prairie naturelle, auquel de ces deux produits donneriez-vous la préférence?

PIERRE.

Sans contredit à la prairie artificielle.

PÈRE SIMON.

Eh bien! mon cher Pierre, ajoutez qu'à cette première coupe de la prairie artificielle, qui permet de nourrir le double d'animaux qu'avec la seule récolte que donnerait la prairie naturelle, on peut, avec certaines légumineuses, la luzerne, par exemple, obtenir jusqu'à trois et peut-être quatre coupes dans l'année, ce qui fait, avec la qualité nutritive de ce fourrage, plus que quadrupler le revenu.

PIERRE.

Comment se fait-il alors que tous les propriétaires ne remplacent pas leurs prairies naturelles par des prairies artificielles?

PÈRE SIMON.

Parce que beaucoup d'agriculteurs ignorent les avantages qu'elles fournissent. Quelques-uns n'osent abandonner la routinière culture de leurs devanciers; ils craignent l'insuccès, et ne veulent pas même essayer de s'en rendre compte sur une petite étendue de terrain. Enfin, il en est d'autres qui, jugeant la question en dernier ressort, assurent, sans en rien savoir, que leur terre est impropre à la production de ces plantes.

PIERRE.

Elles sont donc bien difficiles sur la qualité du terrain?

PÈRE SIMON.

Non pas autant qu'on le pense généralement. Leur exigence se rencontre surtout sur les soins à leur accorder; mais nous en parlerons en faisant l'histoire de chaque légumineuse.

C'est la récolte des légumineuses et des racines qui nous fait abandonner les jachères biennales, encore en vigueur dans notre département, en occupant la terre pendant le temps de repos.

Elles permettent aussi de nourrir les animaux à l'étable, et ainsi d'augmenter le fumier.

NICOLAS.

Père Simon, dites-nous quelles sont les précautions à prendre pour que ces prairies artificielles aient une bonne réussite.

PÈRE SIMON.

La *luzerne* est la plus productive de toutes les légumineuses; mais elle est la plus difficile sur le choix du terrain. Il lui faut une terre meuble, et dont le sous-sol permette à ses racines une grande extension; elle devra se rapprocher le plus possible de la composition des terres fertiles, dont nous avons parlé dans notre deuxième soirée.

L'humidité, comme la sécheresse, lui est nuisible; un sous-sol argileux l'empêche de se développer.

PIERRE.

Ceci m'explique comment il se fait que la luzernière que mon père avait établie dans notre jardin, n'a pas réussi : il est toujours humide.

PÈRE SIMON.

Quelle opération votre père aurait-il dû faire subir à son terrain trop humide avant de commencer la luzernière?

PIERRE.

Il aurait dû l'assainir par des fossés sou-terrains ou le drainage.

NICOLAS.

Ce n'est pas une grande perte que cette prairie ait péri : elle aurait peut-être oc-casionné la mort des animaux qui y au-raient pacagé.

PÈRE SIMON.

C'est un reproche que l'on adresse à la luzerne et au trèfle, mais qu'il est bien fa-cile d'éviter.

Il est arrivé quelquefois que des ani-maux, échappés à la surveillance de leurs gardiens, sont entrés dans des champs de luzerne ou de trèfle; et qu'après en avoir beaucoup mangé, ils se sont ballonnés et en sont morts. Mais ces légumineuses ne portent pas en elles ces principes nuisibles.

Il suffit, pour éviter ces accidents, d'avoir la précaution de ne les donner qu'en sec, ou que quelque temps après les avoir fauchées, et de ne les laisser paître par les animaux qu'après que la rosée a été dissipée.

PIERRE.

A quelle époque doit-on semer la graine de luzerne?

PÈRE SIMON.

Aux mois de septembre et octobre, ou encore au printemps; mais le terrain doit être à l'avance profondément labouré et bien nettoyé des plantes nuisibles.

On recouvre la graine avec des rateaux ou légèrement avec la herse.

Quand la graine commence à lever, on pratique un sarclage.

PIERRE.

Vous ne nous avez pas dit, père Simon, ce que c'était qu'un sarclage.

PÈRE SIMON.

Le *sarclage* est une opération qui a pour but d'enlever les mauvaises herbes et d'ameublir la surface du sol. Pour être bien fait, il doit être pratiqué à la main, à l'aide d'une *binette* ou *sarcloir*. Il ne faut pas craindre d'agir hardiment, quand même on arracherait quelques plantes. Il fait taller la luzerne.

PIERRE.

A quelle époque se fait le hersage de la luzerne?

PÈRE SIMON.

Le premier se pratique quand la plante a un an environ.

NICOLAS.

Elle exige donc plusieurs hersages?

PÈRE SIMON.

Oui; c'est surtout ce qu'il ne faut pas négliger. On les exécute de suite après les coupes, avec d'autant plus de hardiesse que la luzernière est plus âgée.

Les engrais seront toujours employés avec succès, surtout le plâtre.

La luzerne dure sept ou huit ans, au moins, dans un terrain profond. Elle ne durera que quatre à cinq ans dans une terre qui ne lui conviendra pas.

On fait trois coupes dans l'année ; quelques terres privilégiées en donnent davantage.

NICOLAS.

C'est d'autant plus remarquable, qu'il n'est pas ordinaire qu'une prairie naturelle donne annuellement du regain.

PÈRE SIMON.

C'est ce que je disais en commençant la soirée, que la culture de la luzerne procure des bénéfices considérables : le produit est plus que triple ; et pourtant, il est très-difficile de l'introduire dans notre Gironde.

PIERRE.

C'est que peut-être les soles de notre département ne lui conviennent pas.

PÈRE SIMON.

Ce n'est pas la raison. Bien que nos

terres légères, ordinairement à sous-sol argileux ou aliosiques, ne la favorisent pas, il s'en trouve beaucoup de nature différente où elle viendrait très-belle, et dont on ne profite pas. Quelques propriétaires ont essayé des luzernières, et n'ayant pas réussi, ont jeté la faute sur la plante et sur son exigence pour le terrain, alors qu'elle venait d'eux. C'était dû souvent à une sole mal préparée, ou à des plantes nuisibles que l'on n'avait pas le soin d'enlever par des sarclages fréquents, et qui étouffaient la luzerne.

NICOLAS.

Comment fait-on la récolte de la luzerne?

PÈRE SIMON.

Le fanage de la luzerne se fait de la même manière que pour les prairies naturelles; mais il exige plus de précaution en remuant les andains. On les rentre le matin, avant la chaleur de la journée. On préfère cependant employer la *méthode Klapmeyer*.

PIERRE.

En quoi consiste cette méthode?

PÈRE SIMON.

A entasser en meules très-fortes, contenant plusieurs charrettes, la luzerne fraîchement coupée, à la presser fortement, et à attendre que la fermentation s'y soit établie. Après trente-six heures, on enfonce la main dans le tas, et on s'assure du moment où la chaleur commence à baisser. Alors on défait les meules; on les étend en couches de cinquante centimètres, que l'on retourne plusieurs fois dans la journée; et quand la dessication est complète, on rentre le fourrage dans les bâtiments, où on le conserve en meules.

PIERRE.

Mais, père Simon, quand une luzernière ne produit plus ou très-peu, comment fait-on pour la faire disparaître?

PÈRE SIMON.

Il suffit, pour rompre une luzernière, d'un ou de deux labours bien faits et profonds.

NICOLAS.

Est-ce que le *trèfle commun* a autant de durée que la luzerne?

8

PÈRE SIMON.

Non : on rompt le *trèfle commun* après la seconde coupe, quelquefois à la suite de la première.

Cette plante vient dans tous les terrains; mais elle préfère ceux qui sont d'une nature argilo-calcaire.

PIERRE.

A quelle époque faut-il le semer?

PÈRE SIMON.

On le sème au printemps parmi les graminées d'automne; sa graine se recouvre par un hersage léger.

PIERRE.

Mais, quand on fauche le blé parmi lequel il a été semé, est-ce que la faux ne l'attaque pas?

PÈRE SIMON.

Non; car le blé qui a été mis dans la terre au mois de novembre, par exemple, est déjà grand au printemps quand on jette sur la même sole la graine de trèfle, et il arrête le développement de celui-ci; mais, quand le blé a été fauché, le trèfle prend un accroissement vigoureux.

Il vient d'autant plus beau, que le sol est plus profondément ameubli.

Comme pour la luzerne, il ne faut pas craindre de le herser hardiment après la première coupe.

NICOLAS.

Il n'est pas nécessaire de le fumer?

PÈRE SIMON.

Un plâtrage au printemps, quand les feuilles sont apparues, est du plus grand avantage.

PIERRE.

Comment reconnaît-on qu'il est bon à couper?

PÈRE SIMON.

C'est à l'époque de l'épanouissement de ses fleurs purpurines. Le trèfle peut donner deux, et même trois coupes; mais la première est la plus sûre et la plus forte. Cependant, quand la plante se trouve desséchée par la température, on aurait tort d'attendre pour la faucher : l'humidité qui surviendra sera plus profitable à l'autre coupe.

PIERRE.

Les animaux mangent-ils bien le trèfle?

PÈRE SIMON.

Très-bien. On leur donne en vert et en sec. Le fanage se fait avec précaution, d'après la méthode de Klapmeyer.

La graine se ramasse avec soin et à-peu-près de la même manière que pour le dépiquage du blé, dont je vous entretiendrai plus loin.

PIERRE.

Père Simon, vous ne nous dites rien du farouch, que Nicolas et moi aimons tant à cueillir avec ses belles fleurs rouges.

PÈRE SIMON.

Nous y arrivons. Mais, puisque vous connaissez le *trèfle incarnat* ou *farouch*, vous devez savoir comment on le cultive.

PIERRE.

On le sème en septembre; il ne donne

qu'une bonne coupe, ne dure qu'une année. Il paraît venir dans toutes les terres.

PÈRE SIMON.

Il est moins difficile en effet sur la qualité du terrain que les autres légumineuses dont nous nous sommes déjà entretenus; il réclame comme elles les mêmes soins, et il ne craint que les grands froids.

Le *sainfoin* croît dans les sols calcaires, même dans les terrains les plus maigres, où les autres végétaux périssent.

Il constitue un bon fourrage, que les animaux mangent avec plaisir. Il exige les mêmes cultures que les autres légumineuses. On n'en retire qu'une bonne coupe; mais, ensuite, il sert de pâturage.

NICOLAS.

Père Simon, sont-ce là les seules légumineuses que l'on cultive généralement comme fourrage?

PÈRE SIMON.

Il y a encore la *vesce*, qui réclame les

8*

mêmes soins que ceux que nous avons in-
diqués pour les plantes précédentes.

PÈRE SIMON.

Mais votre question, mon ami Nicolas,
m'étonne ; car vous ne prêtez d'ordinaire
qu'une faible attention à mes explications
agricoles.

NICOLAS.

C'est que, père Simon, je commence à
comprendre l'avantage que l'on peut retirer des connaissances que vous nous apprenez, et je désire tout savoir.

PÈRE SIMON.

Je vous approuve, Nicolas ; il faut constamment chercher à s'instruire ; ce n'est
que par ce moyen que l'on prend du plaisir
à faire son travail.

PIERRE.

Eh bien ! père Simon, vous devriez nous
faire l'histoire de la pomme de terre.

PÈRE SIMON.

J'y consens ; et, pour finir notre soirée,

je vous citerai aussi d'autres racines qui
servent à la nourriture des animaux.

C'est aux efforts persévérants de l'illus-
tre Parmentier que nous devons la posses-
sion en France des *pommes de terre*. Il em-
ploya le stratagème suivant pour parvenir
à les faire manger à ses compatriotes, qui
les croyaient nuisibles à la santé. — Il en
sema dans son jardin, et, quand elles fu-
rent venues, il demanda à l'autorité des
gardes pour les faire surveiller; mais, comme il eut le soin de ne pas les y laisser
pendant la nuit, on les lui vola bientôt.
Quand on l'en prévint, il répondit : *Tant
mieux; ils s'y habitueront.* C'est ce qui est
arrivé, comme vous en avez la preuve tous
les jours.

NICOLAS.

Je le crois bien ; les pommes de terre
sont excellentes.

PÈRE SIMON.

On cultive les pommes de terre en grand
pour la nourriture des animaux, pour la
féculerie et pour la distillerie de l'eau-de-

vie. Dans ces deux dernières spéculations, on donne le résidu au bétail.

Quel est le terrain qui leur convient le mieux ?

PÈRE SIMON.

Les pommes de terre viennent partout, mais de préférence dans les terrains légers.

Après avoir fait choix de pommes de terre de bonne qualité, on les sème au printemps. On emploie généralement le tubercule en entier; quelques cultivateurs ont conseillé de le diviser et de ne mettre qu'un œil. La quantité de semence, dans le premier cas, est environ de vingt hectolitres par hectare.

Le terrain sera fortement ameubli. On hersera quelques jours après la plantation; on hersera encore quand apparaîtra la fane, et on renouvellera un troisième hersage quand toutes les plantes auront levé. Plus tard, on emploiera de nouveau la houe à cheval.

PIERRE.

Mais, père Simon, il me semble que c'est beaucoup de hersage.

PÈRE SIMON.

Il faut quand même ameublir la croûte formée sur la couche végétale, et détruire les mauvaises herbes.

La maturité s'annonce par la sécheresse des tiges.

L'arrachage des pommes de terre à l'aide de la charrue se fait mal; celui que l'on pratique à la main, et qui est préférable, est dispendieux.

Les pommes de terre seront rentrées bien sèches, dans un lieu où elles se trouveront à l'abri de l'humidité et des gelées.

NICOLAS.

Comment récolte-t-on les topinambours?

PÈRE SIMON.

Les *topinambours* sont soumis aux mêmes conditions de culture que les pommes de terre; mais ils sont moins exigeants. Ils

viennent très-bien dans nos terrains de
lande, où on commence à les cultiver en
grand pour servir à l'exploitation de la
distillerie de l'alcool.

PIERRE.

Quel terrain préfèrent les betteraves?

PÈRE SIMON.

Les *betteraves* préfèrent le sol argileux ;
mais elles s'accommodent aussi de tous les
terrains. Elles sont très-avantageuses pour
la nourriture des animaux; elles n'épuisent
point la terre ; elles résistent à la chaleur.

C'est en avril qu'on sème les semis, ou,
ce qui est encore mieux, en pleine sole.

Les mêmes travaux exécutés pour faciliter l'accroissement des pommes de terre,
doivent être employés pour les betteraves.

On les conserve très-bien dans des silos.

NICOLAS.

Qu'appelle-t-on des silos?

PÈRE SIMON.

Les *silos* s'établissent en faisant, dans un

terrain à l'abri de l'humidité, une fosse d'un pied de profondeur. On y place les racines en les élevant au-dessus du sol. Après les avoir recouvertes de paille, puis de terre, que l'on tasse à coups de pelle, on ménage une cheminée au sommet, que l'on dispose avec deux tuiles réunies. On entoure les silos d'un fossé profond ; on les visite souvent pour s'assurer si les racines ne s'altèrent pas.

PIERRE.

Ne pourrait-on pas, père Simon, employer le même procédé pour conserver les pommes de terre ?

PÈRE SIMON.

Ce moyen est mis en usage par quelques agriculteurs, qui s'en trouvent très-bien.

Il est encore deux espèces de racines que je vais vous décrire parce qu'elles sont des plus utiles pour la nourriture des animaux : ce sont les raves et les carottes.

Les *raves* se sèment en juillet sur un champ de céréales nouvellement fauché. On fait un léger labour, et avec la herse on recouvre la graine. Elles possèdent la propriété de se bien conserver dans la terre, après leur entier développement, ce qui permet de les faire consommer en les arrachant au fur et à mesure des besoins. On leur accorde les mêmes soins de culture qu'aux betteraves; mais elles sont moins difficiles sur la qualité du sol.

PIERRE.

Je sais que les *carottes* viennent très-bien dans les terrains sablonneux, et que les chevaux et les bœufs les mangent avec grand plaisir.

PÈRE SIMON.

C'est une excellente racine, que l'on cultive en grand avec avantage; mais il faut avoir soin de lui accorder des sarclages légers, faits à la main, afin de ne pas endommager la jeune plante.

Les *choux dits à vaches* sont d'excellentes plantes, qui fournissent une nourriture abondante au bétail pendant l'hiver, et qui viennent très-bien dans notre département; ils croissent dans les terrains légers.

PIERRE.

Comment les fait-on venir?

PÈRE SIMON.

On les sème en pépinière au printemps; on les transplante en fin mai, en ayant soin d'écarter les plants à la distance d'un mètre.

NICOLAS.

Puis, pendant l'hiver, on ramasse les feuilles de ces choux, qui viennent très-grands.

PÈRE SIMON.

Il faut toujours enlever les feuilles inférieures; ce sont les premières qui commencent à jaunir.

Tous les jours on peut en ramasser deux charretées sur un champ d'une étendue d'un hectare environ.

Mais terminons notre soirée, car il se fait tard.

DIXIÈME SOIRÉE.

❦

Des céréales.

————

PIERRE.

Père Simon, vous allez nous faire l'histoire du blé.

PÈRE SIMON.

J'aurais bien pu commencer par lui la description de la culture des végétaux ; mais j'ai préféré vous faire connaître avant les prairies artificielles et les racines, afin de vous démontrer qu'en agriculture le blé n'est pas la seule plante importante à cultiver. S'il sert à la nourriture de l'homme,

ce qui le rend précieux, il ne faut pas méconnaître la haute utilité des fourrages et
des racines qui nourrissent les animaux.

Il y a des considérations générales qui
s'attachent à la culture des *céréales,* et que
je vais vous décrire.

PIERRE.

Nous comprenons déjà, père Simon, que
vous allez nous recommander de bien préparer la sole avant l'époque des semences,
c'est-à-dire qu'elle soit exempte de plantes
nuisibles, et qu'elle ait été labourée très-
profondément.

PÈRE SIMON.

Ce sont des précautions qu'il faut avoir
pour toute espèce de culture, quand on
veut être sûr d'un bon résultat.

Mais il faut encore que les grains soient
purgés des mauvaises graines, et se trouvent surtout de première qualité.

La quantité de semence à employer est
environ de un hectolitre et demi à deux
hectolitres par hectare. Répandue trop
épaisse, elle ne se développerait pas; ré-

pandue plus claire, les plantes tallent davantage et donnent de plus beaux épis.

NICOLAS.

Je sais comment on fait pour semer les
céréales : un homme jette en marchant le
grain sur le champ.

PÈRE SIMON.

C'est ce qui s'appelle *semer à la volée*.
Ce moyen, le plus généralement employé.
se fait souvent très-mal, parce qu'on ne
rencontre que rarement de bons semeurs.

On se sert aussi du *semoir Hugues*, qui
tous les jours prend plus d'extension, et à
l'aide duquel on sème en ligne.

PIERRE.

C'est la fin du mois d'octobre qui est l'é-
poque la plus propice pour les semailles des
céréales d'automne.

PÈRE SIMON.

On recouvre le grain avec la herse ou
l'extirpateur; la charrue, dans cette circonstance, doit être écartée.

NICOLAS.

Père Simon, quelle est l'épaisseur de terre dont les semences doivent être recouvertes ?

PÈRE SIMON.

Elle varie de quatre à huit centimètres.

PIERRE.

Alors, je comprends le motif qui fait, dans cette opération, préférer la herse à la charrue : cette dernière, fournissant une trop forte couche de terre, n'a que des inconvénients.

PÈRE SIMON.

Les céréales supportent les hivers rigoureux : les gelées ne leur font pas grand mal quand elles sont vigoureuses.

Les plantes devront s'élever d'une manière uniforme, être d'un vert foncé, et donner plusieurs branches.

PIERRE.

Quand les jeunes plantes produisent ainsi plusieurs branches, on dit qu'elles *tallent*.

PÈRE SIMON.

Oui. Alors les épis sont nombreux et bien fournis. Le hersage est une excellente pratique; il doit être fait au printemps et d'une manière énergique.

NICOLAS.

Les jeunes plantes ainsi bouleversées doivent être arrachées.

PÈRE SIMON.

Il ne faut pas s'en effrayer : elles relèveront la tête, deviendront plus vigoureuses, et talleront davantage. Le hersage, ainsi que je vous l'ai dit plusieurs fois, détruit les herbes nuisibles, rompt la croûte de terre, et permet l'introduction de l'air.

Le *sarclage* est aussi très-avantageux ; mais il est plus coûteux, parce que, pour être bien fait, il faut qu'il soit pratiqué à la main avec une *binette*. Il est plus facile à exécuter dans les récoltes alignées.

PIERRE.

Père Simon, comment reconnaît-on l'époque de la moisson?

PÈRE SIMON.

Ce moment est marqué par la maturité du grain. L'épi étant mûr, jaunit et se penche; la tige se dessèche en commençant par la partie supérieure. Il est inutile d'attendre plus longtemps pour faucher, car on s'exposerait à perdre du grain.

Savez-vous, mes jeunes amis, comment on fauche les céréales?

NICOLAS.

Avec la faux on va plus vite qu'avec la faucille.

PÈRE SIMON.

Il est même préférable de faucher avec la faux par la méthode dite *en dehors*, c'est-à-dire de faire tomber la céréale sur le côté et à plat; on la ramasse ensuite. Tandis que le fauchage *en dedans*, qui consiste à renverser les céréales contre le blé qui est encore debout, exige qu'une releveuse, immédiatement après chaque faucheur, les prenne et les pose en javelle.

PIERRE.

Aussitôt que le fauchage est terminé, on

dispose les gerbes, et on les attache avec des liens en paille de seigle, quand c'est possible.

PÈRE SIMON.

Il faut préserver les épis de l'humidité; enfin, on dispose les gerbières.

Le *battage* du grain se fait au fléau, au rouleau, ou encore par les pieds des chevaux.

NICOLAS.

De tous ces procédés, le fléau est probablement celui que l'on préfère.

PÈRE SIMON.

Vous vous trompez : le fléau est, au contraire, le procédé le plus défectueux, en même temps qu'il est le plus onéreux. Il est préférable de faire usage du rouleau en pierre, traîné par deux chevaux; il dépique les gerbes étalées sur l'aire pendant la chaleur, et laisse moins de grains à la paille.

Une bonne machine à battre est bien supérieure à tous les autres moyens. Le travail se fait mieux : il n'y a point de perte de grains; mais l'acquisition en est chère.

Les grains seront déposés dans un en-

9*

droit sec (un grenier, par exemple), et re-
mués plusieurs fois dans une semaine; s'ils
sont secs, il suffira de le faire une fois.

La paille, pour être conservée, est dis-
posée en piles ou meules.

Le *froment* ou *blé* préfère les sols argileux, si surtout ils contiennent de la chaux
et un peu de sable. Les terrains légers ont
besoin d'un peu d'humidité pour lui con-
venir. L'humus lui est toujours favorable. — Il faut, pour que le blé se trouve
dans ses meilleures conditions de produit,
que les considérations générales que je vous
ai indiquées précédemment soient remplies.

PIERRE.

On m'a dit que le blé était sujet à être
malade : est-ce vrai, père Simon ?

PÈRE SIMON.

Le froment est atteint de deux maladies
différentes : le charbon et la carie.

NICOLAS.

On me l'avait dit aussi; mais je ne le
croyais pas.

PÈRE SIMON.

Parce que vous n'y avez pas fait attention ; autrement, vous auriez remarqué l'année dernière, sur les blés de votre oncle, une poussière noirâtre qui se trouvait sur l'épi et qui tenait place du grain : c'était le *charbon*.

La *carie* n'altère qu'une partie du grain ; mais elle lui donne une odeur et un goût nauséabonds.

Savez-vous, Nicolas, comment on évite ces maladies ?

NICOLAS.

Non, père Simon.

PÈRE SIMON.

Il suffit de faire tremper la semence, la veille du jour où on veut la jeter sur le champ, dans une solution très-étendue de *vitriol bleu*.

PIERRE.

Mais il existe un autre procédé qui a le même but, et que l'on nomme le *chaulage du blé*.

PÈRE SIMON.

On emploie indifféremment l'un ou l'autre de ces moyens. Le chaulage consiste à mélanger la chaux éteinte et fondue dans l'eau aux grains de blé, et à les répandre ainsi préparés.

NICOLAS.

Le *seigle* n'est pas aussi exigeant que le froment sur la qualité des terres.

PÈRE SIMON.

Non; car il vient très-bien dans les terrains sablonneux. Il ne craint pas la sécheresse; mais l'humidité lui est nuisible. Il craint les gelées à l'époque de la floraison, et il est sujet à une maladie appelée *ergot*.

PIERRE.

Qu'est-ce que c'est que l'ergot, père Simon ?

PÈRE SIMON.

L'ergot est une excroissance dure, allongée, violacée, qui s'attache au grain, et qui, mangée par l'homme en certaine quantité, produit la gangrène sèche d'une ou de plusieurs parties du corps. L'ergot s'engendre par les temps pluvieux.

L'*avoine* vient dans les terres qui ont le moins de fonds et qui sont les plus mal préparées. On la sème épaisse; elle n'exige pas de grands soins de culture.

Le *maïs*, ou *blé d'Espagne*, est d'un très-grand intérêt en agriculture. Ensemencé au printemps, après les gelées, sa récolte se fait en septembre. Il croît pendant les plus fortes chaleurs. On le donne en vert aux animaux, qui le mangent avec plaisir. Son grain fournit une bonne farine, avec laquelle on fait d'*excellentes gaudes* ou *millias*.

NICOLAS.

Oh! nous savons cela, Pierre et moi; nous en mangeons souvent; mais, aussi, le soir, on nous fait faire *l'égrenage* à la main, au lieu de battre les épis au fléau, comme on le pratique à la ferme pour les grains destinés à la nourriture des animaux et de la volaille.

PÈRE SIMON.

Le *sarrazin*, ou *blé noir*, est une bonne

plante , d'une grande ressource pour la nourriture des animaux , qui vient bien partout , et qui peut remplacer une récolte qui a manqué. Il prospère dans les terrains les plus maigres.

Je m'arrête à l'énumération de ces céréales , et je vous renvoie à demain soir.

ONZIÈME SOIRÉE.

✥

De la vigne.

PÈRE SIMON.

C'est surtout dans notre département que la *vigne* produit un vin de qualité supérieure. Le terrain qui lui convient le mieux ne saurait être parfaitement qualifié ; car, si les terrains de *graves* donnent des vins plus fins, les *palus* fournissent des vignes plus vigoureuses. Le terrain du *Médoc* développe dans le vin ce *bouquet* tout particulier qui le fait tant estimer des dégustateurs; tandis que le Haut-Brion, et d'autres vins dits de *grave*, sont remarquables par leur sève. Les terrains sont dans ces localités essentiellement caillouteux.

NICOLAS.

On dit que ces différences dans la qualité des vins tiennent du terrain lui-même.

PIERRE.

Peut-être cela provient-il de l'espèce des cépages.

PÈRE SIMON.

L'une et l'autre causes ont incontestablement une très-grande influence sur la qualité des vins.

La vigne vient bien dans toutes les terres qui ont de trente à quarante centimètres de couche végétale, excepté cependant dans l'argile et le sable. ·

Quand on veut planter la vigne, on doit choisir son terrain et l'exposition la plus convenable. Les uns veulent que la pente se trouve au midi, afin de recevoir l'action vivifiante du soleil : c'est l'opinion admise; d'autres la veulent légèrement au nord,

parce que le vent du même nom dessèche
les terres et fait disparaître l'humidité nuisible à la vigne; leurs partisans citent à
l'appui bien des vignobles renommés qui
ont cette exposition.

PIERRE.

Quelle règle suit-on, père Simon, dans
notre département, pour cultiver la vigne?

PÈRE SIMON.

Quand le choix du terrain est arrêté, on
le prépare pour la plantation, c'est-à-dire
on le nivelle; et après l'avoir assaini, on
le défonce de 46 à 60 centimètres de profondeur. Ceci étant fait, on dispose les
rangées ou *réges* à la distance de 36 centimètres environ les unes des autres.

Il est une précaution dont on ne tient
pas compte dans notre département en traçant les réges : c'est de les faire dans la
direction *nord* et *sud*. Ainsi disposées, elles
reçoivent le soleil de dix heures du matin
à quatre heures du soir; tandis que dans
les positions *est* et *ouest*, comme on les
trouve généralement dans le Médoc, les

réges se font mutuellement ombrage, et
ne reçoivent le soleil que le matin et le
soir, alors qu'il est sans force. Sur les
bords du Rhin, les vignes sont toutes plan-
tées *nord* et *sud*.

Père Simon, à quelle distance doit-on
mettre les pieds de vigne les uns des autres?

PÈRE SIMON.

Les plants se placent dans la rége à
1 mètre 20 centimètres de distance. Autrefois, on plantait en quinconce à 1 mètre
en tous sens; aujourd'hui, beaucoup d'a-
griculteurs préfèrent renverser le terrain
le dessus dessous de la manière suivante :
ils creusent un premier fossé de 1 mètre
de large sur 60 centimètres de profondeur;
ils y placent les plants à la distance indi-
quée avec une petite quantité de fumier;
ils le comblent par un second fossé paral-
lèle, et ainsi de suite jusqu'au bout du
champ. Les terres du premier fossé sont
ensuite transportées avec la brouette dans

le dernier. C'est la manière la plus convenable; mais elle coûte plus cher.

J'ai vu faire le plantage à la barre.

C'est un moyen très-simple. Après avoir défoncé le terrain, on fait un trou avec une barre de fer; on y introduit le plant de vigne avec un peu de fumier délayé, et on le comble ensuite de terre.

Il est une chose bien importante à observer : c'est le choix du plant.

Il faut, autant que possible, dans la même pièce, n'avoir qu'une espèce de vigne, ou tout au moins des espèces dont l'époque de la maturité puisse aller ensemble; autrement, les raisins des unes seront pourris, pendant que ceux des autres seront encore verts. Dans le Médoc, on accorde la préférence au *malbeck* et au *carbenet,* ou *carmenet-sauvignon.* Le moyen le plus sage pour faire ce choix est généra-

lement de tenir compte des habitudes du
pays.

Père Simon, vous ne nous dites rien sur
la taille de la vigne.

PÈRE SIMON.

La taille de la vigne n'offre rien de remarquable la première année de la pousse;
elle se fait ordinairement à *trois ou quatre
yeux* au-dessus de la terre. L'année suivante, on coupe tout le bois nouvellement
poussé, en lui laissant seulement *un ou deux
yeux*. On la conduit ainsi pendant les trois
ou quatre premières années, en cherchant
particulièrement à lui donner la forme
qu'elle doit avoir, et nullement dans le
but d'obtenir un produit qui l'énerverait
pour plus tard.

PIERRE.

A quel moment se fait la taille de la
vigne?

PÈRE SIMON.

Elle a lieu après l'hiver; l'époque en est
fixée dans chaque localité; elle est en rap-

port avec le nombre des vignerons et le travail.

A la taille de la cinquième année, on laissera un *aste* ou *verge* à la partie la plus voisine de terre; on taille ce sarment de la tête, en ne lui laissant que *deux yeux,* pour ne pas élever trop vite le *cep;* on ploiera l'aste sur ce dernier ou sur la latte, et de ce ploiement bien fait résultera pour l'année suivante un *côt.*

PIERRE.

N'est-ce pas, père Simon, que la vigne doit être maintenue près de terre pour se trouver dans de bonnes conditions?

PÈRE SIMON.

C'est une très-bonne méthode, et qui est suivie par les vignerons les mieux entendus. Dans le Médoc, on donne à la tige une hauteur de 36 centimètres, et on la soutient avec un *carasson* (petit pieu) de même dimension; à ces pieux sont attachées des lattes le long desquelles on couche les *bras* laissés à chaque cep. Les raisins sont ainsi près du sol; mais ils ne reposent pas dessus.

NICOLAS.

Est-il vrai, père Simon, que les cailloux qui se trouvent près des vignes ont une action sur la maturité du raisin?

PÈRE SIMON.

Oui; et vous allez le comprendre : les cailloux ont la propriété de renvoyer les rayons du soleil dans diverses directions (1); en se trouvant placés au-dessous et autour des raisins, ils augmentent la chaleur et favorisent beaucoup la maturation; ils conservent aussi l'humidité du sol, en empêchant l'évaporation, et ils facilitent l'écoulement des eaux.

PIERRE.

J'ai vu faire le provignage, pour remplacer les plants qui ont manqué. Après

---

(1) Les rayons solaires sont reproduits en angles de réflexion égaux aux angles d'incidendes.

avoir ouvert des fossés de 25 centimètres de profondeur et de la longueur nécessaire pour atteindre la place inoccupée, on y couchait entièrement une branche réservée au pied de vigne voisin.

NICOLAS.

Alors, ce sont deux pieds de vigne qui ont une branche commune souterraine.

PÈRE SIMON.

Sans doute; mais, à la troisième année au plus tard, on sépare la branche de la mère.

PIERRE.

Mais, père Simon, pourquoi donne-t-on des façons aux vignes?

PÈRE SIMON.

En réfléchissant un peu, il me semble, Pierre, que vous pourriez vous-même me fournir cette explication. Voyons : que veut-on dire par ces mots : *Donner une façon à la vigne?*

PIERRE.

On désigne ainsi l'opération qui consiste à dégarnir le pied de vigne de la terre qui le recouvre, ou à le chausser avec cette même terre.

PÈRE SIMON.

Eh bien! rappelez-vous ce que je vous ai déjà appris sur les propriétés qu'acquièrent les terres ameublies, et vous comprendrez dans quel but on donne les façons.

PIERRE.

C'est afin que l'air pénètre plus facilement le sol, et que la terre ainsi ameublie procure de nouveaux éléments de nutrition.

PÈRE SIMON.

C'est cela. On donne trois façons à la vigne avec la pioche, tandis qu'avec la charrue on en fait quatre. Ces façons se pratiquent dans l'espace de temps compris entre les mois d'avril et d'août.

Les vignes ont besoin de fumure : on

emploie toutes sortes d'engrais; mais on doit accorder la préférence à ceux qui ont une longue durée. Ils sont transportés à l'aide de brouettes à chaque pied, autour duquel on fait une fosse pour les recevoir. Les fumures se renouvellent à des époques variables, suivant le terrain, la vigueur des vignes et la puissance des engrais.

NICOLAS.

Il ne reste plus rien à faire à la vigne jusqu'au moment des vendanges; seulement, on l'effeuille quand on juge convenable de mettre les grappes de raisin plus directement en rapport avec l'influence des rayons solaires.

PÈRE SIMON.

Il est une foule de circonstances fâcheuses qui peuvent avoir sur la production de la vigne une influence nuisible.

La *gelée* est parfois assez forte dans certains hivers pour désorganiser les *yeux* ou *boutons*. Les gelées au printemps, bien que très-redoutables, agissent inégalement.

10

La *grêle* produit des effets pernicieux ; mais elle ne frappe que partiellement ; seulement, elle est fréquente, et entraîne souvent des ravages effrayants.

Une humidité continue, des vents froids, amènent la *coulure*, c'est-à-dire cette fâcheuse disposition qu'ont les vignes à laisser tomber les fleurs avant d'être tournées en grains.

La trop grande sécheresse a aussi ses inconvénients.

PIERRE.

La vigne est également sujette à la maladie qu'on appelle l'*oïdium*.

PÈRE SIMON.

Oui, malheureusement ; et ce fléau, qui sévit depuis cinq ans environ dans notre département, a ruiné beaucoup de propriétaires et porté le plus grand tort au commerce.

Cette maladie apparaît au moment où la végétation est dans toute sa force. Elle se caractérise par des taches brunes sur toute la plante, plus sensibles sur l'écorce des

jeunes branches, et par une poussière grisâtre qui recouvre les graines.

PIERRE.

Elle n'existe donc pas avant la floraison?

PÈRE SIMON.

Si; mais on ne la remarque pas d'une
manière très-sensible. Le bois ne paraît pas
toujours altéré au moment de la taille, bien
que le pied en soit affecté ; il est même
probable que c'est une des principales causes qui, à l'époque de la floraison, amène
la coulure. Je crois aussi que c'est à cet
état maladif qu'est dû le manque de raisins que l'on a observé dans un grand nombre de pièces de vigne.

NICOLAS.

J'ai remarqué , en effet , cette année
surtout, que dans une grande quantité de
vignobles, où les plantes étaient très-bel-
les, il n'y avait pas la moindre apparence
de floraison.

PIERRE.

Je ne comprends pas comment cette ma-

ladie, qui semble ne pas exister, puisque
les vignobles dont parle Nicolas étaient
très-beaux, a pu empêcher la floraison.

PÈRE SIMON.

Cela ne s'explique en effet que par une
altération toute particulière de la sève, qui
nuit au développement des organes de la
fructification.

Quand les grappes sont déjà grosses et
que l'*oïdium tukéri* apparaît sous forme
d'une poussière grisâtre, on constate que
déjà les branches et les rameaux sont mar-
qués de taches brunes et noires, et que les
graines elles-mêmes sont altérées inté-
rieurement. — Le plus ordinairement elles
laissent apercevoir un point noir, intérieur,
espèce de gangrène sèche, par où s'ouvre
le grain en laissant le pépin à nu. La pulpe
alors se dessèche et noircit. La maladie sévit sur tout le pays. La pluie facilite sa
propagation.

NICOLAS.

Et l'on n'a trouvé aucun moyen pour
l'arrêter ?

PÈRE SIMON.

L'on a essayé bien des remèdes, mais aucun n'a été satisfaisant. — C'est un fléau qui a tout le caractère des maladies épidémiques; il aura sa période de déclin.

DOUZIÈME SOIRÉE.

⋘⋙

Des animaux.

———

PÈRE SIMON.

Les animaux sont utiles en agriculture pour le travail, pour la multiplication de l'espèce et la production des fumiers; ils procurent aussi des bénéfices quand on peut facilement pourvoir à leur engraissement.

Nous nous sommes entretenus des animaux en parlant des engrais; il nous reste à les examiner dans leur utilité sous les autres points de vue.

Les animaux employés pour le travail sont : les *chevaux*, les *bœufs*, les *vaches* et les *mulets*.

Des chevaux. — Les chevaux sont depuis quelque temps employés plus fréquemment aux travaux agricoles dans notre département.

Ils ont sur les bœufs les avantages :

D'exécuter les travaux avec plus de vitesse ;

De résister à de plus rudes fatigues ;

D'être moins susceptibles des pieds, surtout dans les cas de transport sur les routes dures et pierreuses ;

De faire mieux les hersages et avec plus d'économie.

On leur reproche une plus grande dépense de nourriture ; mais aussi ils font un tiers de travail en plus.

Il faut une paire de chevaux par vingt-cinq hectares de terres arables. Il n'y a cependant rien de bien fixé à cet égard ; cela dépend beaucoup de la nature du sol. Les chevaux peuvent travailler dix heures par jour ; les travaux seront interrompus dans la journée pour les faire dîner. Pendant les grandes chaleurs, on commencera le travail de bonne heure, afin de les laisser quelques heures à l'écurie dans la journée; ils seront ainsi moins tourmentés par les mouches et s'en porteront mieux.

NICOLAS.

Il y a des chevaux difficiles à dresser au labour.

PÈRE SIMON.

En les choisissant dociles, on est certain qu'ils ne se refuseront presque jamais au travail. Les bêtes bretonnes, poitevines, et celles de la race percheronne, à-peu-près les seules que les marchands de chevaux conduisent dans notre département, ont labouré très-jeunes.

La nourriture consiste, par jour, pour un attelage de chevaux, en :

Foin................. 12 à 18 kil.
Avoine.............. 10 à 20 kil.
Paille.............. 8 à 15 kil.

Ces quantités peuvent varier suivant la taille des animaux et la fatigue qu'ils éprouvent. Toutefois, il est préférable de donner constamment une bonne nourriture, en réglant les rations. On peut faire usage du son, mais avec beaucoup de ménagement; car il occasionne, quand il est consommé sans discernement, des indigestions trop souvent mortelles.

Les fourrages verts sont donnés à l'étable; on ne laisse paître les chevaux que pour utiliser les prairies qui ne produisent pas de regain.

Il ne faut pas négliger d'étriller les chevaux tous les jours.

Ces animaux sont parfois atteints de coliques; ils refusent alors la nourriture, ils grattent du pied, se couchent et se relèvent rapidement. Les premiers soins à leur accorder, en attendant l'arrivée du vétérinaire, sont de les frictionner avec des bouchons de paille, de leur passer des lavements et de les promener. Il faut bien se garder d'avoir recours à ces empiriques, sorciers ou charlatans, qui, ignorants à l'excès, semblent n'avoir pour mission que de duper la crédulité publique.

Ces animaux sont également sujets à la maladie de la gourme; ils toussent alors fréquemment, déglutissent difficilement, et jettent par les nazeaux. On leur donne des barbottages tièdes et sucrés (1).

NICOLAS.

J'ai vu préparer ces barbottages; ils se composent d'un demi seau d'eau tiède, de deux jointées de son fin ou de farine, et de miel commun ou de sirop de raffinerie (mélasse).

PÈRE SIMON.

On évitera beaucoup de maladies en donnant aux chevaux, dans les grandes chaleurs, plusieurs fois par semaine, un seau d'eau coupée avec du son. L'animal barbotte et liquéfie son sang.

PIERRE.

Mais, père Simon, il me semble que les bœufs ont sur les chevaux un grand avan-

(1) On a généralement préconisé depuis plusieurs années la poudre Duluc-Meinier, employée contre les toux et jetages. — (Dépôt à Bordeaux, chez Hugon, pharmacien, place d'Aquitaine, 1.)

tage : c'est celui d'être vendus pour la boucherie quand ils ne peuvent plus travailler.

PÈRE SIMON.

Des bœufs. — Votre appréciation relativement au prix que l'on peut encore retirer des bœufs qui ne sont plus aptes à rendre de bons services au labour, est d'autant plus juste, mon cher Pierre, que ces animaux sont estimés pour la consommation presque aussi chers que quand ils étaient pleins de vigueur.

Les bœufs sont préférés aux chevaux pour les labours des vignes : leur pas lent et mesuré les rend plus sûr dans leur marche, et n'expose pas autant les branches de vigne à être brisées.

Nous possédons dans la Gironde de belles et de bonnes races de bœufs.

Les *bœufs Bazadais,* sobres, robustes, énergiques, fortement constitués, forment l'une des premières races de bœufs de France pour le travail.

Les *bœufs de Garonne,* plus grands, plus forts, ayant les pieds plus susceptibles que ceux du Bazadais, ne les valent pas quant

au travail; mais ils leur sont bien supérieurs pour la boucherie.

Nous produisons également une race de
bœufs dite *du Pays,* plus petite, mais sobre
et vigoureuse. Il serait difficile dans nos
landes d'élever des animaux de grande
taille. Espérons que les prairies artificielles et la culture des racines y prendront
de l'extension et modifieront ces races dé-
générées.

Les bœufs seront soumis aux mêmes conditions de travail que les chevaux; ils seront occupés huit à neuf heures par jour,
en deux attelées.

Leur nourriture consiste en vert à l'étable, ou en foin et paille; en été, on leur
fait parfois passer la nuit au pacage.

On les étrillera régulièrement tous les
jours.

Quand ils ne peuvent plus faire leur
travail, il faut les vendre ou les préparer
pour la boucherie. Dans ce dernier cas, on
les garde quelque temps à l'étable, et on
leur donne une forte nourriture.

Les *vaches* ont la marche plus accélérée
que les bœufs; mais elles sont loin d'avoir

leur force. Elles seront avantageusement utilisées dans les terres légères ou pour les hersages. Leur travail est interrompu pendant plusieurs mois à l'époque du velage. On les trouve d'un grand secours lorsque, dans les exploitations étendues, où elles ne sont considérées que comme bêtes servant à la production du fumier, elles viennent augmenter le nombre des attelages dans les moments de presse.

NICOLAS.

Mais elles donnent de beaux revenus comme *vaches laitières?*

PÈRE SIMON.

Oui, à la condition, quand on se livre à cette industrie, de se trouver à la portée des villes, afin d'avoir le placement du lait. Les meilleures laitières ne donnent pas au-delà de vingt à vingt-quatre litres de lait par jour; mais il ne faut compter, en moyenne, pour le rendement d'un troupeau, que sur cinq litres par jour par tête de bétail; et encore, les troupeaux de la

Gironde sont-ils de beaucoup au-dessous de ce chiffre.

Quand on n'a pas de débouché pour le lait, on se livre à *l'allaitement des veaux*, c'est-à-dire que l'on donne aux petits veaux plusieurs vaches à téter, et on ne les envoie à la boucherie qu'à trois ou quatre mois. C'est ainsi que l'on fait à la ferme.

NICOLAS.

On y fait également du beurre.

PÈRE SIMON.

Il faut tirer parti de tout en agriculture; il ne faut rien négliger; c'est le plus sûr moyen pour obtenir un résultat avantageux.

Des mulets. — Les mulets (produits de la jument et du baudet) sont très-utiles en agriculture; ils servent aux labours et aux charrois; ils marchent avec légèreté et vitesse. La production mulassière constitue la fortune d'une partie du Poitou. Il y a dans chaque ferme jusqu'à quarante mules ou mulets. Chaque fermier possède de six à dix grandes et fortes juments, destinées exclusivement à la reproduction. Elles ne sortent que rarement de l'écurie, et elles sont presque toute l'année étendues sur une épaisse couche de litière et de fumier. Les baudets reproducteurs sont soumis à un régime aussi regrettable, constamment renfermés, jamais étrillés, respirant toujours le même air; aussi ont-ils de longs poils agglutinés par le fumier, et pendant aux oreilles et le long du corps comme de gros paquets de cordes. Les mules travaillent à un an, et à trois ou quatre ans elles sont livrées au commerce et vendues depuis six jusqu'à quinze cents francs.

Il nous reste maintenant à dire un mot sur l'engraissement des bestiaux.

NICOLAS.

Ceci sera facile à comprendre; il y a avantage à engraisser les animaux quand on possède beaucoup de nourriture.

PÈRE SIMON.

Sans doute; mais il faut aussi savoir

que la nourriture à donner aux animaux
est en rapport avec leur poids. — On éva-
lue qu'il faut pour un bœuf deux kilogrammes de foin pour cent kilogrammes de parties vivantes; il faut un poids moindre de
légumineuses sèches et une quantité au
moins double de racines. La cuisson augmente les propriétés nutritives des végétaux, en rendant la digestion et l'assimila-
tion plus faciles.

Dans la nourriture, on doit distinguer
la *ration d'entretien* et la *ration de production*. La première est la nourriture exigée
pour l'entretien de la vie, tandis que la ration de production fournit la force nécessaire
pour le travail, la graisse, le lait, etc., etc.

PIERRE.

Alors, pour engraisser une paire de
bœufs, il faut leur donner à manger une
ration de production en rapport avec l'état
d'embonpoint que l'on veut obtenir.

NICOLAS.

De même que pour avoir une plus grande

quantité de lait, il faut augmenter la ration de production.

PÈRE SIMON.

Je vois avec plaisir que vous avez écouté mes leçons, et qu'elles ne resteront pas sans fruits.

Nous avons terminé, mes jeunes amis, ce que je m'étais proposé de vous apprendre sur l'agriculture; il me reste encore quelques conseils à vous donner; mais j'en ferai le sujet de notre prochaine réunion.

DERNIÈRE SOIRÉE.

❖❖❖

Des conseils.

———

PÈRE SIMON.

C'est aujourd'hui, mes petits amis, la dernière soirée que nous passerons ensemble.

PIERRE.

Je le regrette vivement, père Simon; car il me semble que vous avez encore bien des choses à nous apprendre.

PÈRE SIMON.

C'est vrai; mais j'ai tenu la promesse

11**

que je vous avais faite en commençant
mes leçons, d'écarter toutes les théories
scientifiques qui ne seraient pas à la portée
de votre jeune conception, et tous les principes d'agriculture qui auraient pu vous
fatiguer. J'ai surtout cherché, en vous dé-
montrant les rudiments agricoles, de vous
donner pour votre profession le goût que
vous ne pourriez jamais prendre si vous ne
les connaissiez pas. Et pourtant, j'ai le
regret de voir qu'aussi élémentaire qu'ait
été cet enseignement, il a détourné notre
ami Nicolas de la vocation des champs, et
je crains qu'il ne veuille toujours se faire
ouvrier, pour courir les chances hasardeu-
ses des grandes villes.

NICOLAS.

Non, père Simon, je ne veux plus quitter ni mes amis ni ma famille : comme
Pierre, je serai cultivateur.

PIERRE.

Tu as raison, Nicolas : nous vivrons toujours unis, nous travaillerons ensemble,
nous nous communiquerons nos observa-

tions; et quand nous serons embarrassés,
nous consulterons le père Simon.

Qui sera heureux de vous être agréable.
Pour vous donner une nouvelle preuve
de l'intérêt que je vous porte, voici mes
derniers conseils.

Vous, Nicolas, qui vouliez faire choix
d'une profession qui vous permît de voyager et de vivre loin du village, écoutez ce
qu'une triste expérience vous eût bientôt
démontré.

Ce qui vous avait séduit, mon enfant,
ce sont les récits qui vous ont été faits de
la réussite de quelques ouvriers, qui, par-
tis sans argent de leur pays, sont arrivés
rapidement à la fortune; ce qui vous avait
entraîné, c'est le mouvement, le luxe des
grandes villes. Vous aviez été ébloui par
toutes ces merveilles étalées à vos yeux
quand vous promeniez dans ces belles ave-
nues éclairées de mille jets lumineux, et
vous rêviez d'y vivre pour prendre part à
toutes ces séductions. Apprenez à mieux
connaître les choses qui vous ont si forte-

ment impressionnées, et ne vous abandon-
nez plus à ce faux brillant qui, un instant,
vous a conduit à une erreur qui pouvait
vous devenir fatale.

Ces ouvriers heureux, dont la fortune a
été si rapide, sont si rares, qu'on les donne
comme exemple. Mais on ne vous a rien
dit de toutes les peines qu'ils ont éprouvées, de toutes les nuits qu'ils ont passées
sans sommeil, tourmentés par la crainte
de mauvaises spéculations; car ils ne sont
arrivés à la fortune qu'en exposant les
sommes d'argent qu'ils avaient ramassé
durant toute une vie de pénibles labeurs,
et qu'une fausse entreprise pouvait leur
ravir en les plongeant dans la plus affreuse
détresse. Mais, je vous le répète, malgré
toutes ces difficultés vaincues, ce n'est
qu'un petit nombre d'ouvriers, favorisés
par les circonstances, qui obtiennent de
pareils résultats. Courir après une sem-
blable réussite, c'est courir le plus ordinairement après la misère.

Le nombre des ouvriers augmente tous
les jours dans les grandes villes : aussi
ont-ils de la peine à se procurer du travail.

Ceux qui ne sont pas très-habiles se contentent souvent de la nourriture pour salaire (4). Ils luttent toute leur vie sans espérance de voir améliorer leur existence, dépensant pour leur entretien, le jour même, l'argent qu'ils ont gagné; huit jours de maladie ou sans occupation leur imposent plus de deux mois d'un travail soutenu pour payer leurs dettes. C'est là l'histoire des meilleurs ouvriers, de ceux dont la conduite est louable.

Mais que vais-je vous dévoiler en vous parlant de ceux que l'inconduite pousse à la débauche? Ceux-là vont jusqu'à être méprisables au point de méconnaître les devoirs les plus sacrés de la famille : pour eux il n'y a plus de père; parfois, l'injure à la bouche, ils insultent leur pauvre mère affaiblie par les années; leurs femmes supportent leurs mauvais traitements, et ils n'ont pas honte de dépenser au cabaret le peu d'argent nécessaire pour acheter du pain à leurs enfants. Si vous visitiez ces

(1) En 1851.

lieux habités par la misère, vous auriez le
cœur navré de douleur : une paillasse, sans
draps ni couvertures, étendue dans un coin
de la chambre, et une table, composent le
mobilier ; une femme amaigrie par les pri-
vations et les angoisses ; des enfants presque nus criant qu'ils ont faim ; un homme,
vigoureux encore, mais à la figure avinée,
et insensible en apparence à cette scène de
désolation, que son inconduite seule a cau-
sée, voilà ce qui vous frapperait. Et pourtant, cet ouvrier avait été, au commencement de sa carrière, un honnête et laborieux garçon ; longtemps il avait fait la joie
de sa famille ; mais, un jour, il s'abandonna
aux conseils de mauvais sujets qui le dé-
tournèrent de la voie si honorable qu'il
avait suivie : il se livra à quelques journées de débauche ; bientôt il oublia ses
devoirs ; et lui, si docile autrefois aux re-
montrances de ses parents, il ne les écouta
plus. Le travail lui manqua ; il se décou-
ragea ; et, cherchant à s'étourdir avec ses
camarades, il se livra aux libations alcoo-
liques, qui le perdirent tout-à-fait. Pas à
pas il marcha dans la plus hideuse misère,

et arriva à la dépravation. Mauvais fils d'abord, il est devenu père dénaturé. Je ne le suivrai pas dans sa vieillesse ; mais vous le verrez passer en tendant la main.

Voilà où conduit le mauvais exemple ; malheureusement il est fréquent dans les villes, tandis qu'à la campagne les mauvais sujets sont bientôt signalés ; leur contact est moins dangereux : on les connaît, et on les fuit avec raison.

A la campagne, l'augmentation de la famille est une source de richesse et de prospérité. A peine les enfants peuvent-ils marcher, que déjà ils rapportent des bénéfices à la ferme : ils pourvoient à la nourriture de la basse-cour, ils conduisent les animaux aux champs, ils ramassent les feuilles, les herbes pour l'alimentation des bestiaux, ils font les commissions ; et au coin du feu, pendant les longues soirées d'hiver, ils égrainent le maïs, tressent la paille, etc. Leur nourriture comme leur habillement coûte peu. Tout est produit, ramassé dans nos champs. Il y a peu de cultivateurs qui n'aient un petit coin de terre, où ils puissent faire venir une partie des choses nécessaires à leur existence; ceux qui n'en possèdent pas se procurent les aliments à bon marché.

Dans les villes, au contraire, l'augmentation de la famille devient une charge énorme, que bien des ouvriers supportent avec peine. — La mère ne saurait avoir d'autre occupation que de soigner son ménage et ses enfants; ceux-ci, au nombre de deux ou trois, suffisent pour dépenser, pour leur nourriture et leur habillement, tout le gain de la journée; il en résulte une gêne, une privation constante : le père en maigrit, ses forces s'affaiblissent, et s'il tombe malade, la désolation, en même temps que la misère, entre dans cette famille, désormais sans ressources.

Vous ne devez point craindre que le travail vous manque jamais; il y en a toujours pour le cultivateur laborieux. Bien que vos journées soient moins rétribuées que celles des ouvriers des villes, vous en avez plus de bénéfices d'habiter la campagne. Dans les grands centres de population, les locations, les aliments, le blanchissage, etc., tout est fort cher; l'ouvrier

qui est père de famille vit difficilement,
aussi élevé que soit son salaire, tandis que
l'on cite peu de cultivateurs économes qui
ne se soient pas ramassé un petit avoir.

La maladie vous trouvera entouré d'une
nombreuse famille, empressée à vous porter tous les soins, toutes les consolations.

Ah! mes jeunes amis, si, comme moi,
vous aviez étudié de près la licence effré-
née des villes et les misères qu'elle occasionne, vous voudriez toujours garder votre simplicité de mœurs et ne jamais abandonner le village. Croyez-moi, mes bons
amis, ne voyez les grandes villes que
comme un miroir où doit se refléter votre
véritable bonheur d'être habitant de la
campagne.

Au revoir, mes bons petits amis; relisez
souvent les écrits du père Simon.

FIN.

TABLE.

www.ingramcontent.com/pod-product-compliance
Lightning Source LLC
Chambersburg PA
CBHW070840030726
47504CB00005B/1164